Lipuria

Ich war seine Sklavin

Mein Weg von der Herrin zur Sklavin

Bibliografische Information der Deutschen Nationalbibliothek

Die Deutsche Nationalbibliothek verzeichnet diese Publikation in der Deutschen Nationalbibliografie; detaillierte bibliografische Daten sind im Internet über http://dnb.d-nb.de abrufbar.

ISBN 978-3-945967-67-6

1.Auflage 2019

www.schwarze-zeilen.de

© 2018 Schwarze-Zeilen Verlag

Ein Imprint des footstep-Verlag

Reichenaustr. 81c, 78467 Konstanz

Alle Rechte vorbehalten

Coverfoto: © Igor Igorevich – stock.adobe.com

Printed in Germany

Hinweis

In diesem Buch erzählt die Autorin von einem Lebensabschnitt. Alle Merkmale der beteiligten Personen wurden soweit verändert, dass sie für Außenstehende nicht wiedererkennbar sind. Wenn Sie meinen, eine Person zu erkennen, so ist dies nicht beabsichtigt und rein zufällig. Die auf dem Coverfoto abgebildeten Personen stehen in keinem Zusammenhang mit dem Inhalt dieses Buches!

Dieses Buch ist nur für Erwachsene geeignet, bitte achten Sie darauf, dass das Buch Minderjährigen nicht zugänglich gemacht wird.

für

M.

Eins

Mit einem lauten Knall flog die Wohnungstür hinter mir zu und ich stolperte die Stufen des Treppenhauses hinunter.

Weg! Ich musste hier weg. Nach Luft ringend und in Tränen aufgelöst riss ich die Tür zur Straße auf. Luft, ich brauchte Luft.

Es goss in Strömen. Ich schaute mich um und sah hoch zum Fenster, hinter dem meine Tochter spielte. Sie hatte vom Streit zwischen meinem Mann und mir nichts mitbekommen.

Wo sollte ich jetzt hin? Lauf, lauf einfach los, dachte ich und scheinbar ziellos rannte ich durch die Straßen von Berlin. Immer wieder musste ich stehen bleiben, um Luft zu bekommen. Mein Schluchzen raubte mir den Atem. Niemand auf der Straße sprach mich an oder schaute nach mir, wofür ich sehr dankbar war. Nur keine Frage beantworten oder gar Mitleid erhalten. Das wäre das Letzte gewesen, was ich gewollt hätte. Das Leben konnte mich mal, und zwar kreuzweise.

Immer und immer wieder kam es zu diesen Auseinandersetzungen mit meinem Mann, an dessen Ende ich das Gefühl der Ohnmacht, der Hilflosigkeit hatte. Ich, eine Femdom, die in ihrer Freizeit sonst anderen – mit erhobenem Haupt und Strenge – den Arsch versohlte.

Der Regen prasselte auf den Boden und bildete beim Aufkommen in den Pfützen Blasen. Die Lichter der Straßenbeleuchtung spiegelten sich darin verschwommen. Wie weit war ich gelaufen? Ich schaute mich zum ersten Mal bewusst um und fand ich mich vor dem Konzerthaus auf dem Gendarmenmarkt wieder. Am Rand der großen Treppe ließ ich mich erschöpft nieder. Ein verliebtes Pärchen wenige Stufen hinter mir versuchte ich zu ignorieren. Ihr wildes Geknutsche nervte und weckte zugleich Sehnsüchte. Ich starrte nur auf den roten Teppich zu meinen Füßen, der vom Regen vollgesogen war und so dunkel erschien, als wäre Rotwein ausgelaufen.

Was war nur aus mir geworden? Die selbstbewusste, coole, sexy Frau saß heulend in der Berliner City. Unglücklich und gebrochen.

Ich drehte mich um und versuchte, nun doch einen Blick auf das Paar zu erhaschen. Immer noch küssten sie sich, jetzt zärtlich. Dabei fanden ihre Hände den Körper des anderen, unter ihren triefend nassen Klamotten.

Ich drehte mich weg. Mein Blick fiel auf ein Plakat, das ein Klavierkonzert ankündigte. Sofort musste ich an den Pianisten Yiruma denken. Sein Stück »River Flows in You« hatte mich damals besonders tief berührt. Zu Zeiten von Twilight erklang es fast endlos aus dem Zimmer meiner großen Tochter.

Total durchnässt und verheult trat ich den Heimweg an. Mein Mann ließ mich schweigend in die Wohnung. Ich wich seinem Blick aus. Mit meinen Kopfhörern und eine Flasche Wein schloss ich mich im Bad ein, wie schon so oft.

Im warmen Wasser entspannte ich mich langsam und lauschte den Klängen Yirumas, die nun aus meinem Kopfhörer erklangen. Das Kerzenlicht auf dem Rand meiner Wanne verzauberte das Badezimmer in meinen privaten Konzertsaal. Der Wein hinterließ ein warmes prickelndes Gefühl in meinem Körper.

Langsam, mit einem tiefen Seufzer ausatmend, tauchte ich bis zum Kinn ins heiße Wasser ein. Ich legte meine Hand zwischen meine Beine und begann meine Klit zu streicheln und mir eine anregende Fantasie heraufzubeschwören. Üblicherweise entfaltete sich dabei ein sadistisches Szenario, in dem Männern über eine Frau herfielen und in alle möglichen Öffnungen ihres Körpers ihre Schwänze steckten.

Diesmal musste ich jedoch an Maxim denken.

Ich sitze auf einem Stuhl inmitten eines großen Raumes. Ich bin nackt. Es ist dunkel. Mein Körper ist mit Seilen so fest am Stuhl fixiert, dass meine Haut eingeschnürt ist. Mein Mund ist geknebelt.

Unweit sitzt Maxim an seinem schwarzen Flügel, auf dem eine einzige Kerze steht und einen matten Schein auf die Tasten wirft. Klaviermusik erfüllt den Raum. Deutlich sehe ich die eleganten, gepflegten Hände von Maxim, wie sie über die Tasten tanzen.

Plötzlich spüre ich diese Hände auf meinem Körper. Kraftvoll, zupackend. Er reißt mir die Seile vom Leib, schleppt mich ins Dunkel des Raumes und fällt dort über mich her. Deutlich höre ich unsere animalischen Lustschreie …

Mein Orgasmus kam schnell und war so heftig, dass ich in schluchzend in Tränen ausbrach, nach dem er abgeebbt war.

Auf einmal überkam es mich. Wie fremdgesteuert schrieb ich Maxim mit pochendem Herzen.

»Hast du zufällig am kommenden Freitag Zeit für mich?«

Maxim hatte wenig Zeit, sehr wenig Zeit. Allerdings hatte ich an dem Abend Glück.

Er schrieb sofort zurück.

»Freitag nicht. Aber am Donnerstag wäre ich buchbar. Was stellst du dir denn so vor?«

Was stellte ich mir vor? Ich hatte ganz klare Vorstellungen. Ich nahm allen Mut zusammen und teilte ihm meine Fantasie mit.

Der Drang nach Abenteuer und Ausbruch in eine andere Welt war intensiver als das Gefühl der Vernunft. Scheiß auf die Vernunft, die hatte mich bisher auch nicht weiter gebracht. Stärker war stattdessen die Sehnsucht nach etwas Neuem, nach berauschender Lust, nach Sex, Hingabe und Vergessen …

Zwei

Maxim hatte fast gleichzeitig mit mir vor zehn Jahren in der gleichen Firma angefangen. Da er aber Leiter einer anderen Abteilung war, gab es zwischen uns kaum Berührungspunkte. Ein gelegentlicher Gruß auf dem Flur, das war's. Doch ich wusste wie alle Kolleginnen, dass er als Frauenheld bekannt war, was man ihm auf den ersten Blick nicht angesehen hätte. Er war eher der unauffällige Typ von nebenan. Sein dunkelbraunes Haar war stets kurz und perfekt geschnitten, keine einzige graue Strähne war darin zu entdecken, obwohl er bereits Mitte vierzig war. Seine randlose runde Brille gab ihm einen intellektuellen Touch und unterstrich seine Abneigung modischen Trends zu folgen. Wenn er sich jedoch jemandem zuwendete, gab er dieser Person seine volle Aufmerksamkeit, egal wie sehr die Luft um ihn herum brannte. Seine ungezwungene und zugleich souveräne Art, mit Menschen und seinem Job umzugehen, imponierte nicht nur mir. Dennoch sah ich in ihm viele Jahre nur den Kollegen. Bis zu jenem Tag in der Teeküche.

Gedankenversunken spülte ich gerade meine Tasse. Unsere Chefin hatte die Besprechung wieder maßlos in die Länge gezogen. Immer wieder schweiften meine Gedanken ab und irgendwann hatte ich aufgegeben, zuzuhören.

Jetzt wollte ich nur noch eine Weile die Stille genießen. Ich trödelte absichtlich, nichts zog mich nach Hause. Der Letzte macht das Licht aus, und heute bin ich die Letzte, dachte ich zumindest. Plötzlich nahm ich die Gestalt im Türrahmen wahr und zuckte zusammen.

»Maxim? Ich hab Sie nicht kommen gehört.« Ich versuchte zu lächeln, was mir aber offensichtlich misslang. Wie immer trug er eins seiner knittrigen Hemden und seine Schuhe erweckten den Anschein, ihren Träger seit Jahren tapfer durchs Leben zu begleiten.

»Valentina, Sie sehen nicht gut aus. Wie geht es Ihnen?«

Auf diese Frage war ich nicht gefasst gewesen. Ohne Vorwarnung schossen mir die Tränen in die Augen. Wie selbstverständlich nahm er mich in den Arm. Ich ließ mich widerstandslos hineinfallen und heulte minutenlang. Er hielt mich fest und streichelte mir dabei den Rücken. Es fühlte sich gut an.

»Kommen Sie, lassen Sie uns noch einen Kaffee in meinem Büro trinken und dann erzählen Sie mir, was los ist.«

Wortlos folge ich ihm.

In seinem Büro ließ ich mich in einen Sessel fallen. Maxim reichte mir ein Taschentuch, welches ich nach kurzer Benutzung begann zu malträtieren, während ich die richtigen Worte suchte. Maxim saß abwartend mir gegenüber in seinem Sessel, als hätte er alle Zeit der Welt.

Wo sollte ich da anfangen, dachte ich. Noch nie hatte ich mit jemandem in der Firma über meine Probleme gesprochen. Noch nicht mal mit Anny, meiner Lieblingskollegin. Zu unangenehm war es mir, zuzugeben, dass mein Leben im Arsch war. Den Märchenprinzen, den ich mit viel Pomp vier Jahre zuvor geheiratet hatte, entpuppte sich für mich als Blender und Besserwisser. Als selbstständiger Coach hatte er es sich auf die Fahnen geschrieben, mich nach seinen Vorstellungen zu formen. Bis ich das geschnallt hatte, war er bei mir eingezogen, hatte ich ihm das Jawort gegeben und war mit seinem Kind schwanger. Zudem fehlte es an Zärtlichkeiten und wie sollte es anders sein, an Sex.

Dass ich eine Femdom war, die anderen Männern in ihrer Freizeit den Arsch versohlte, und mein Mann ein Vanilla, verschwieg ich jedoch.

Als er mir anbot, mich auf seinen Schoß zu setzen, war mir sein Plan klar. Der Typ wollte mich, als Nummer 527, in die Kiste bekommen! Was für ein Mistkerl!

Obwohl mir mein Kopf ganz klar signalisierte: Gefahr in Verzug, ließ ich mich wie fremd gesteuert auf seinen Knien nieder. Ich lehnte mich an seine Schulter und ließ die Streicheleinheiten, die so guttaten, zu.

Fast schon virtuos strichen seine zarten Hände über meine Knie. Nach einigen Minuten riss ich mich zusammen und lehnte sein Angebot, mich auf diese Weise trösten zu wollen, dankend ab. Trotz Zurückweisung gab er mir zu verstehen, dass er immer für mich da sei, wenn ich ihn brauchen würde.

Als ich später nach Hause fuhr, spürte ich, dass ein Teil der Ketten um mein Herz gesprengt worden war, auch wenn es meine Sorgen und Probleme nicht lösen würde.

Seit diesem Abend knisterte es zwischen Maxim und mir. Es waren die Blicke, die wir austauschten und die Fürsorge um mich, die Maxim mich spüren ließ, auch wenn ich wusste, welchem Zweck sie dienten. Ich fühlte mich zu ihm hingezogen und glaubte meine Sorgen bei ihm gut aufgehoben.

Monate später auf der Weihnachtsfeier flirteten wir heftig miteinander. Während ich ein Glas Wein nach dem anderen trank, um locker zu werden, plauderte er aus seinem Leben. Über seine Frau, seine Kinder, seine Hobbys. Und dass er ein Piano hatte. Der Typ hatte tatsächlich einen schwarzen Flügel. Ha! Wie klischeehaft! Aber, es machte mich an und ich konnte nichts dagegen tun. Blitzartig sah ich ihn mit seinen perfekt manikürten Fingern die Tasten des Flügels berühren, um ihnen Töne zu entlocken.

Mit fortschreitendem Abend wurden unsere Gespräche immer intimer. Da aber noch zahlreiche Kollegen anwesend waren, blieb es bei Andeutungen. Doch als Maxim das Thema BDSM erwähnte, war es um mich geschehen. Wir waren also beide auf der gleichen Wellenlänge. Ich hatte ihn schon mir zu Füßen kniend vorgestellt, wie er meine Stiefel küsst, während ich ihm mit meiner Reitgerte der Arsch leuchtend rot schlug. Leider konnten wir das Thema nicht vertiefen.

Erst Wochen später ließ Maxims Terminkalender ein erstes echtes Date zu. Allerdings hatte ich mehr erwartet, musste ich doch entsetzt feststellen, dass Maxim als Top unterwegs war. Echt jetzt? Herrje, das hätte ich nicht gedacht. Ich hätte schwören können, er wäre devot und masochistisch.

Auf einmal war alle Freude bei mir erloschen und neuer Gesprächsstoff wollte sich nicht finden. Wir saßen uns gegenüber, hielten uns an unseren Gläsern fest.

Ich war enttäuscht. Konnten wir beide wirklich nur flirten? War das nun alles? Nein, das wollte ich nicht wahrhaben!

Nach dem Verlassen des Restaurants zog ich Maxim rücksichtslos in eine Ecke. Er war so überrascht, dass er den Halt verlor, stolperte und mich dabei versehentlich gegen die Wand presste. Der Druck, der auf mir lastete, fühlte sich angenehm an. Wir knutschten wie wild im Dunkeln einer Berliner Straße und hörten nicht mehr auf. Scheiße! Wie geil schmeckte der Typ denn! Unsere Zungen fanden in perfekter Harmonie zusammen. Wir konnten gar nicht aufhören. Ich verspürte ein leichtes Kribbeln zwischen meinen Beinen.

Dann hörten wir plötzlich auf. Der Moment der Magie war vorüber. Schade. Mit großem Bedauern stellten wir fest, dass wir aufgrund unserer Neigungen wohl nicht zusammen kommen würden. Top und Top – das passte nun mal nicht. Tja, Pech gehabt. Maxim musste sich wohl andere Mädels zum Arschversohlen und Ficken suchen. Und ich? Ich musste noch in meinem Irrgarten verbleiben und auf Erlösung hoffen, am besten mit meinem Ehemann.

Nichtsdestotrotz blieben wir gute Freunde im Büro, die jede Gelegenheit nutzten, sich über ihre Neigungen und Erlebnisse in der SM-Szene auszutauschen. Er vernaschte Frauen, ich schlug Männer, allerdings ohne meine eigenen sexuellen Bedürfnisse befriedigen zu können, da ich meinem Ehemann treu sein wollte. Einmal war Maxim bei einer meiner Spiel-Sessions dabei, das hatte er sich gewünscht. Ich gab mir damals viel Mühe, seine Neugier für die Sub-Seite zu wecken. Leider vergebens. Allerdings knutschten wir wild miteinander, während mein Spielzeug fixiert am Andreaskreuz stand. Dabei blieb es auch.

Drei

Nichts sprach also dafür, dass Maxim und ich je eine auf BDSM basierende Beziehung haben würden. Bis zu jenem Abend in der Wanne, als ich meine erste heiße Fantasie mit ihm hatte. Ich hatte eine Entscheidung getroffen. Maxim und seiner Dominanz wollte ich mich hingeben. Endlich würde ich meine Leidenschaft ausleben, die bisher in mir geschlummert hatte.

Merkwürdigerweise war ich völlig locker und entspannt. Doch das änderte sich schlagartig am Morgen des Tages, als unser Treffen bevorstand.

Den ganzen Tag über war ich aufgeregt. Mein Magen grummelte. Verdammter Mist. Was habe ich mir da nur eingebrockt. Aber es gibt kein Zurück. Ich wollte dieses Date.

Zuvor hatte ich Lauf-Training im Tiergarten. Das absolvierte ich wie unter Drogen. Mein Lauftempo war ambitioniert. Mein Körper: gespannt wie ein Bogen. Meine Sinne: hellwach. Nur noch Minuten, dann war das Training zu Ende.

Ok, jetzt locker werden. Leichter gesagt als getan.

In dem Versuch, zu entspannen, fuhr ich ganz langsam mit dem Rad zu Maxim. Vor seinem Haus angekommen ging ich kurz in mich.

Will ich das? Kann ich das? Ja! Ja! Ich klingelte.

Er machte auf. Jetzt gab es kein Zurück mehr.

Hoch in die vierte Etage. Ich nahm die Treppe statt den Lift. Eine Etage tiefer machte ich Pause. Als das Licht ausging, begann ich mich im Hausflur umzuziehen, besser gesagt auszuziehen. Ich pellte mich aus meinen verschwitzten Sportsachen, die noch an der Haut klebten.

Jetzt musste ich im Dunkeln den »Hauch von Nichts« finden, den ich anziehen wollte, um nicht ganz nackt vor Maxims Tür zu stehen. Nackt sein ist nicht meins.

Ich fand es ganz unten im Rucksack, zog es an und setzte die Perücke auf. Ich war total aufgeregt, konfuser als sonst schon. In der Dunkelheit des Treppenhauses war das eine besondere Herausforderung.

Alles musste jetzt in den Rucksack passen. Quetsch. Endlich, nach gefühlten Stunden war ich fertig. In einem vollkommen durchlöchert Minikleid und meiner Perücke auf dem Kopf ging ich die letzten Stufen hoch. Dann stand ich vor der Tür. Mein Herz klopfte wie wild. Ich zitterte leicht. Ich atmete kurz durch, dann holte ich mein schwarzes Seidentuch heraus und band es mir um die Augen. Fertig.

Ein Traum würde wahr werden. Ich stand halb nackt, mit verbundenen Augen vor einer unbekannten Wohnung. Was da drin gleich passieren würde, wusste ich nicht genau. Wollte ich auch gar nicht. Sonst war ich als Femdom üblicherweise der Player; jetzt und hier, wollte ich mich mal fallen und bespielen lassen. Let's play.

Ich suchte die Klingel, fand sie auch irgendwann und drücke auf den Knopf. Einige Sekunden später öffnete sich die Tür.

Vier

Maxim nahm meine Hand und führte mich in seine Wohnung. Zwei Schritte weiter gab er mir ein Zeichen, stehen zu bleiben. Immer noch etwas zittrig stand ich verlegen da, wahrscheinlich in seinem Flur, meinen Fuß an dem anderen reibend. In dem Moment fiel mir ein, dass mein linker großer Zeh einen riesigen blauen Bluterguss unter dem Nagelbett hatte. Der stammte von einem Halbmarathon im Sommer, in zu engen Laufschuhen.

Na wunderschön, dachte ich, das sieht ja vielleicht sexy aus. Wieder rieb ich verlegen meinen rechten Fuß gegen den linken.

Maxim interessierte dies alles offenbar überhaupt nicht. Er holte indes meine Sachen aus dem Hausflur in seine Wohnung und begann mich ausgiebig zu betrachten. Er schob meine Beine weit auseinander. »So ist es gut«, sagte er. Natürlich wollte er alles sehen.

Ich atmete tief durch und ließ zu, dass er mich am ganzen Körper betrachtete und berührte. Was für ein Kopfkino er damit in mir auslöste! Während er um mich herumlief, wollte ich mich immer wieder reflexartig etwas schließen.

»Was ist denn das? Nein, schön wieder die Beine auseinandermachen«, sagte er. Lieb aber bestimmt. Ich öffnete die Beine.

Oh mein Gott, dachte ich.

»So ist es gut«, flüsterte er. »Du zitterst ja!« Maxim drückte mich ganz fest an sich.

Dass ich hier in dieser Wohnung stand, mit verbundenen Augen, mit einem »Hauch von Nichts« bekleidet und vollkommen ausgeliefert an einen vorgesetzten Kollegen, konnte ich immer noch nicht fassen.

Nachdem ich lange und ausgiebig begutachtet wurde, bekundet Maxim, dass er ausgesprochen hübsch fand, was er sah. Das schmeichelte mir natürlich.

Ich wurde behutsam durch die Wohnung geführt, in ein weiteres Zimmer, und auf einen Stuhl gesetzt.

Er fühlte sich bequem an und ich begann zu genießen.

Vor Verlegenheit muss ich manchmal schmunzeln, das tat ich auch in diesem Moment. Maxim fesselte meine Füße mit weichen Tüchern locker an die Stuhlbeine. Meinen Oberkörper fixierte er mit Seilen an der Lehne. Nicht zu fest. Währenddessen streichelte und küsste er mich. Oh ja, erst einmal alles im Streichelmodus. Das tat gut.

Die Aufgeregtheit und Unsicherheit verflüchtigen sich langsam. Ein wohlig warmes Gefühl, gepaart mit zarter Erregung, machte sich in mir breit. Nun konnte ich weiter abgleiten in meinen Genussmodus. Maxim gab mir vorsichtig ein Glas in die Hand. Der Duft von Wein stieg mir in die Nase. Zum Entspannen war mir ein bisschen Alkohol ganz lieb. Ich kostete. Hm, der Wein schmeckte ausgezeichnet. Ganz weich und vollmundig. Lecker. Einen weiteren Schluck nahm ich noch.

Plötzlich erklang Klaviermusik. Yirumas »River Flows in You«. Das hatte ich ja total vergessen! Mein Kopfkino. Das Piano. Der Stuhl. Darauf ich, gefesselt. Allerdings nicht geknebelt. Zum Glück. Maxim hatte mir einen Traum erfüllt. Ein genüssliches Schmunzeln huschte über mein Gesicht. Ich bin im Himmel, dachte ich, während es zwischen meinen Beinen zu kribbeln begann. Meine Möse wird feucht vor Geilheit. Drei Klavierstücke lang genoss ich das Szenario. Dann befreite mich Maxim vom Stuhl und platzierte mich unweit, in der Hündchenstellung, auf etwas sehr Weichem. Er schob meinen »Hauch von Nichts« über meinen Hintern und betrachtete ihn.

Natürlich auch meine Möse, die ich ihm nun unweigerlich auf dem Präsentierteller darreichte.

Ich gefiel ihm, so viel war sicher. Es wäre nicht auszudenken, wenn es nicht so gewesen wäre.

Zack!

Ein Schlag ging auf meinen Hintern nieder.

Jaaa!

Ich stöhnte auf.

Mehr, dachte ich.

Zack!

Wieder ein Schlag.

Immer wieder schlug er zu. Nicht zu fest. Ein warmes Gefühl breitete sich auf meinem Hintern aus. Kurz danach glitten seine Hände zwischen meine Beine, und ziemlich zügig folgte sein Schwanz.

Ups, das ging schnell. Der Mann schob nichts auf die lange Bank, so viel stand schon mal fest. Na ja, ganz ehrlich, meine Möse war schon lange feucht und geil. Was heißt, meine Möse? Ich! Mein ganzer Körper, mein Kopf, jedes Haar darauf, wollte ihn! Nach ein paar Stößen ließ er von mir ab und nahm mich an die Hand. Wir gingen durch seine Wohnung. In einem anderen Zimmer wurde ich auf weiche Unterlagen gelegt, mit dem Bauch nach unten. Kissen darunter sorgten für einen leicht angehobenen Po. Na, wofür das wohl war? Klar, Maxim steckte seinen Schwanz nach dem Zurechtlegen seiner »Beute« tief in mich hinein.

Was folgte, war ein SM-Fickmarathon. Auf jeden Fall nach meinen Maßstäben. Irgendwann riss ich mir meine Perücke vom Kopf und das Tuch von den Augen, da beides störte. Es gab Schläge, Stöhnen, Fesseln, Festhalten, Ficken, Blasen, Atemkontrolle. Zweimal spritzte ich ab, während Maxim meine Möse mit seinen Händen bearbeitete. Es gab einen Moment, da fickte er mich so intensiv, dass ich das Gefühl hatte, ohnmächtig zu werden. Dieses Gefühl hatte ich schon lange nicht mehr. Was für ein gigantischer Trip.

Soweit ich mich erinnern konnte, kamen wir am Ende tatsächlich gemeinsam zum Höhepunkt. Wow!

Was bitte war das denn ...?

Nachdem wir zur Ruhe gekommen waren und entspannt hatten, duschte ich und genoss noch ein Glas Wein. Irgendwann hatte alles ein Ende. Es war schon nach Mitternacht und ich musste wieder nach Hause.

Maxim brachte mich bis an die Tür und verabschiedete mich mit einem Klaps auf meinem Hintern und einem verschmitzten Lächeln. »Komm gut nach Hause«, sagte er und schloss seine Tür.

Ich schwang mich auf mein Rad und fuhr leicht beschwipst und berauscht nach Hause.

Wenn ich mich nicht ganz stark täuschte, sollte es bei diesem einen Mal »Dom/Sub spielen« nicht bleiben.

Fünf

Das erste Date mit Maxim hatte ich körperlich gut überstanden. Am nächsten Morgen waren absolut keine Spuren auf meinem Hintern zu erkennen. Also musste ich in dieser Hinsicht nichts von meinem Mann befürchten und keine unerwünschten Fragen beantworten. Zu meinem weiteren Glück hatte ich auch dienstfrei an dem Tag. Es wäre mir extrem schwergefallen, nicht an Maxims Büro vorbeizulaufen und einen Blick auf ihn erhaschen zu wollen. Tja, und selbst wenn es möglich gewesen wäre … Was hätte ich dann getan? Natürlich nichts. Ich wollte ihm unmöglich nachlaufen.

In meiner Beziehung mochte ich ja unglücklich sein, aber ich war kein willenloses, unschuldiges Opfer, das sich nicht unter Kontrolle hatte.

In der darauf folgenden Woche sahen wir uns im Büro immer mal wieder, lächelten uns an, gewechselten ein paar Worte. Ein zwei Nachrichten per SMS. Alles war unter Kontrolle – was meine Gefühle betraf.

Männer sind ja von Natur aus viel entspannter. Sie verlieben sich nicht gleich, nur, weil eine Frau mal »nett« zu ihnen ist. Was mich betrifft, bin ich da ähnlich gestrickt. Allerdings traute ich mir selbst in dieser Hinsicht nur bedingt über den Weg.

Natürlich ließ mich der Abend mit Maxim nicht kalt. Ganz im Gegenteil, ständig musste ich daran denken. Jedoch war es der Kick, die Geilheit, und nicht die Verliebtheit, die mich trieb.

Schließlich war die Arbeitswoche rum. Am Freitagmittag kam ich »zufällig« an seinem Büro vorbei, um ihm ein schönes Wochenende zu wünschen. In diesem Moment nahm ich all meinen Mut zusammen und fragte ihn, ob er sich eventuell am Wochenende langweilen würde (was er definitiv nie tat) und deshalb mit auf eine Party im DarkSide kommen würde. Zu meiner Überraschung sagte er zu. Wow, damit hatte ich nicht gerechnet!

An dem besagten Abend war ich mit Freunden im Club verabredet. Maxim wollte irgendwann dazustoßen. Während wir uns zu dritt im Club herumtrieben, kribbelte es in meinem Bauch und ich konnte es kaum erwarten, Maxim zu sehen. Als er endlich kam, bemühte ich mich um Coolness. Ich stellte ihm meinen Freund Tom und seine Frau Vera vor. Tom war Fotograf und ich hatte bereits einige heiße Fotoshoots bei ihm genossen.

Wir waren gerade am Plaudern, als Cäsar auftauchte und mich in ein Gespräch verwickelte. Er machte mir wie sooft den Hof, um mich endlich zwischen seine Finger zu bekommen.

Seit einem gemeinsamen Foto-Shooting bei Tom knisterte es ein wenig zwischen uns. Allerdings mehr bei ihm, als bei mir. Aus einer Laune heraus hatte ich angeboten, mich während des Shootings von ihm bespielen zu lassen. Während ich auf allen vieren eine Gerte zwischen meinen Zähnen festhielt, schlug mir Cäsar auf meinen emporgereckten Arsch. Die Fotos wurden in der Tat heiß und sexy. Seitdem umgarnte er mich, mit dem Ziel seine zweite Sub zu werden. Ich genoss seine Bemühungen und die damit verbundene Aufmerksamkeit. Doch damals war ich noch nicht so weit, die Seiten zu wechseln.

Nachdem Maxim seinen Arm wie selbstverständlich um meine Taille legte und mich an sich zog, verließ uns schließlich zögerlich.

Im Laufe des Abends tranken wir vier zusammen viel Sekt und unterhielten uns anregend. Schon lange hatte ich mich im DarkSide nicht mehr so wohl gefühlt und diese Aufregung verspürt, nicht zu wissen, was als Nächstes mit mir passierte. Als Femdom war das für mich anders, stets musste ich die Hand auf allem und auch mich unter Kontrolle haben. Heute Abend war ich einfach Frau. Ich ließ mich treiben, hörte den Gesprächen zu, tanzte und trank Sekt, bis ich einen Schwips hatte.

Maxim holte zu späterer Stunde seine Seile heraus und fesselte mich.

Die Seile um meinen Oberkörper geschlungen fühlten sich anregend an. Wenn mich Maxim dabei berührte oder die Seile auf meiner Haut entlang glitten, bekam ich eine Gänsehaut.

Mich bei einer Bondage zu entspannen, fällt mir Hasenfuß oft schwer. Immerzu hab ich Angst, dass es in den Armen oder den jeweils betroffenen Stellen zu kribbeln beginnen könnte. In solch einem Moment bekomme ich leichte Panik. Ich bin eben ein Angsthase.

Doch diesmal war es anders. Noch ewig hätte ich in den Seilen fixiert stehen bleiben können und ich wünschte mir insgeheim, es würde irgendwie weitergehen. Hm, nur wie? Drängen wollte ich ihn nicht. Den entscheidenden Schritt hätte ich gern Maxim selbst überlassen. Schließlich bin ich eine Frau, die gern eingefangen wird. Jedenfalls, wenn es der passende Mann und die dazugehörige Situation ist. Diese Situation war meiner Meinung nach genau in diesem Moment!

Die Seile wurden mir abgenommen. Schade!

Maxim setzte sich neben meine Freunde auf die Couch, um zu trinken und zu plaudern. Das nutzte ich, um mich vor seine Füße auf den Boden zu knien und mich an ihn zu schmiegen.

Was für verrückte Sachen machte ich hier? Valentina, sonst vor Dominanz und Stolz nur so strotzend, kniet nieder. Dieser Mann machte etwas mit mir. Er hat den Schalter gefunden, der mir selbst bisher unbekannt war, um mich switchen zu lassen. Aus Femdom mach Sklavin.

Maxim streichelte mich. Ganz zart, am Kopf, am Rücken. Seine Erregung bekam ich freudestrahlend mit. Ja, ja, ja! Während er sich weiter unterhielt, holte er seinen Schwanz aus der Hose. Ich begann, ihn zu verwöhnen. Das Verwöhnprogramm währte jedoch nicht lange.

Maxim stand spontan auf und verließ den Raum. Ich blieb wie fallengelassen, auf allen vieren knien und wartete. Als er wieder kam, verband er mir die Augen und nahm mich an die Hand. Gemeinsam suchten wir eine passende Stelle, an der weitergehen konnte, was wir gerade begonnen hatten. Ganz unsicher in meinen High Heels und wegen der ungewohnten Position als Sub folgte ich seiner mich führenden Hand. Wow, was für ein Feeling. Ich war ganz aus dem Häuschen. Es war Sicherheit und Geborgenheit, die ich spürte, an Maxims starker Hand.

Ich hatte das Gefühl, alle schauten mich an, was wahrscheinlich niemand tat. Die Leute in diesen Räumen waren mit sich selbst beschäftigt. In einer der hinteren Stallungen fand sich ein Plätzchen. Maxim führte mich vorsichtig hinein. Hier hatte ich einige Wochen zuvor als Femdom mit meiner Subine gespielt. Das war cool. Wir hatten jede Menge Spaß und Zuschauer.

Jetzt werde ich hier bespielt, dachte ich schmunzelnd, nachdem ich das Separee erkannt hatte – trotz der verbundenen Augen.

»Ich möchte von niemanden angefasst werden«, flüsterte ich Maxim zu.

Oft genug sah ich nicht sehr attraktive, gaffende Männer bei einer solchen Session, die Subs anfassten. Das ging gar nicht. Auf gar keinen Fall.

Nach vorne gebeugt, mit gespreizten Beinen, lag ich mit dem Oberkörper auf einer Auflagefläche, die ein wenig zu hoch war und somit einen ungünstigen Winkel für meinen Körper hatte.

Tja, Pech gehabt.

Wardoran schlug auf meinen Arsch. Viel Platz zum Ausholen war in diesem Räumchen nicht und deshalb tat es nicht sehr weh, wenn seine Hand auf meinem Hintern landete. Ein geiles, warmes Gefühl durchflutete trotzdem meinen Körper.

Mehr, mehr davon!

Nach einigen Schlägen drehte ich mich um und ging in die Hocke. Maxim steckte mir seinen Schwanz in den Mund. Von der Seite wurde ich währenddessen mit einer Feder gestreichelt. Durch die Gitterstäbe musste sich jemand Zutritt verschafft haben. Einen Moment später waren wir wieder allein in dem Separee. Außerhalb dessen waren aber jede Menge Menschen. Durch die verbundenen Augen sah ich zwar nichts, hörte aber ein allgemeines Rauschen von Stimmen, durchsetzt von Geräuschen – von Schlaginstrumenten und Händen auf nackter Haut, lustvollem Stöhnen und manchmal einem Schrei. In dieses Geräuschkonzert stimmte ich nun mit ein, als mir ein harter Schwanz in die Möse gesteckt wurde.

Ich hatte irgendwann das Gefühl, der alleinige Geräuschgeber zu sein, so laut stöhnte ich. Anders konnte ich nicht. Alles musste raus. Die Geilheit, die Lust, der Schmerz. Maxim fickte mich bis zum »Anschlag«, das tat verdammt weh. Der Schmerz war jedoch extrem geil. Tiefer durfte es allerdings auch nicht werden.

Immer wieder stöhnte ich bei seinen Stößen auf. Eine Hand berührte mich durch die Gitterstäbe der Stallung hindurch, während ich durchgefickt werde. Ich ließ es zu. Es war die zarte, kleine Hand einer Frau.

Ich hielt sie ganz fest, ließ mich fallen, schrie und stöhnte den kompletten Laden zusammen. Mein ganzer Körper war wie aufgelöst. Immer und immer wieder stieß Maxim bis zum Anschlag in mich hinein. Zwischendurch klatschte es auf meinen Arsch. Irgendwann war ich so weit und ließ die Welle des Orgasmus durch meinen Körper gleiten. Was zur Hölle war das hier, was ich erlebte?

Das konnte nur ein Traum sein. So etwas gab es nicht, nur in billigen Büchern und Filmen. Die Hand der Dame an der Seite ließ ich los und küsste sie. Wie weich sich ihre Haut anfühlte. Behutsam drehte mich Maxim zu sich herum, wir hielten uns fest.

Einige Zeit später – irgendwann, mitten in der Nacht – liefen wir Hand in Hand zur U-Bahn.

Wie es im Leben so ist, nichts ist perfekt. Am Sonntag begann ganz zart mein Rücken zu schmerzen, Montag und Dienstag hatte sich der Schmerz voll entfaltet, auch bis in die Seiten meiner Oberschenkel hinein. Das hielt noch die ganze folgende Woche an. Schön. Hatte ich lange nicht mehr!

»Kleine Sünden bestraft der liebe Gott immer sofort«, lautet ein wohlbekanntes Sprichwort. Will hier wohl heißen: Wer wild rumvögelt, bekommt es auch mal mit dem Rücken.

Tom sagt stets: »Wenn man alt wird, ist es gut, öfter mal die Position beim Sex zu wechseln.«

Recht hat er.

Sechs

Einige Tage nach unserem Treffen im DarkSide fragte ich Maxim per SMS, ob er nicht mein Top werden möchte. Bei diesen zwei Spielen wollte ich es nicht belassen. Mich Maxim zu unterwerfen, mich von ihm führen zu lassen, unsere Spiele auszudehnen, alle Verantwortung ablegen zu können und so meinem eigenen Leben für einige Momente zu entkommen, diese Aussicht war verlockend. Dieser Versuchung konnte ich nicht mehr widerstehen. Zudem war es mir ein inneres Bedürfnis, auszuprobieren, wie es sein würde, wenn wir unser Spiel hauptsächlich auf der Kopfkino-Ebene ausleben würden. Maxim war nicht abgeneigt und schrieb, es sei ihm eine Ehre.

Geil.

Verbale Dominanz, auch in geschriebener Form, kickte mich unwahrscheinlich, hatte ich bemerkt. Unsere Kommunikation würde viel über das Smartphone, mit Bildern und Videos laufen. Alles war ja möglich. Persönliche Treffen natürlich nicht ausgeschlossen. Aber es war klar, sie würden selten sein.

Maxim stand auf diese »Gor-Geschichten«, das wusste ich bereits. Dies würde sich natürlich auch im Spiel widerspiegeln. Nun ja, das war nicht ganz so mein Fall. Egal! Ich wollte dieses Spiel trotzdem. Es blieb auch nicht viel Zeit, Ende März wäre Schluss. Maxim würde dann für eine spezielle Qualifikation nach Hamburg gehen, für drei Monate.

So unser Plan.

In der Woche der Entscheidungsfindung sahen wir uns fast täglich in der Firma. Da mein Büro jedoch in der fünften Etage und seines im Erdgeschoss war, blieben nicht viele Möglichkeiten für Berührungspunkte. Maxim war als stellvertretender Chef very busy oder oftmals gar nicht anwesend, daher ja auch die bevorzugte Kommunikation per Smartphone. Was für eine geniale Erfindung für Fern(SM)Beziehungen. Am Freitagnachmittag stimmten wir noch unsere Profile bei Threema ab, und es konnte losgehen. Jetzt waren wir, bis auf wenige Situationen, Herr und Sklavin,

Wardoran und Lipuria.

Am folgenden Wochenende fuhr Maxim weg. Er war also so gut wie nicht erreichbar. Ich sollte ihm eine Nachricht bei Threema schreiben, um ins Spiel einzusteigen.

Ich schloss mich im Bad ein, wie vor einigen Wochen, nach dem Riesenkrach mit meinem Mann. Damals wollte ich nur eine kurze Ablenkung. Nun war ich dabei, mich fest an einen Mann zu binden, der mich toppen würde. Ich betrog bewusst meinen Ehemann und würde oft lügen müssen, um meine Neugier, meine sexuellen Gelüste und den Ausbruch aus meinem realen Leben befriedigen zu können.

Als ich das Handy nahm, um Wardoran zu schreiben, dachte ich nur: Es soll wohl so sein!

Ich bin ganz verrückt nach dir. Liebe Grüße Lipuria.

Reichte das als kurze Nachricht?

Einige Minuten später dachte ich mir, so etwas sollte ich bestimmt nicht schreiben. Das war doch der allergrößte Mist. Ich nahm also meinen ganzen Mut zusammen und schrieb Wardoran so an, wie es sich für eine Sklavin schickt.

Ich war nun verdammt aufgeregt. Es kam mir komisch, teilweise albern und trotzdem cool und sexy zugleich vor.

Mein geliebter Herr!

Leider habe ich Schmerzen am Rücken und an den Außenseiten meines Popos.

Ich habe das Gefühl, es könnte mit der Samstagnacht im DarkSide zu tun haben. Ich werde mich pflegen.

Das Fotoshooting für morgen werde ich absagen müssen. Das ist schade, denn ich wollte auch ein schönes Bild von mir für Euch machen. Damit Ihr Euch immer, wenn Euch danach ist, vor Augen halten könnt, was Euer ist. Ich werde es jedoch schnellstmöglich nachholen.

Natürlich werde ich auch nicht ausgehen, dafür würde ich ja Eure Einwilligung benötigen. Damit ich aber auch ein wenig Freude habe, wünsche ich mir von Euch ein oder zwei Aufgaben oder Befehle, die ich erfüllen kann, bis wir uns Ende November wiedersehen.

Ich erwarte voller Sehnsucht Eure Antwort. Da ich ein geiles Miststück bin, kann ich nicht anders und möchte mir jeden Tag mit Gedanken an Euch, durchaus auch wilden Gedanken, Luft machen. Habe ich dafür Eure Erlaubnis? Hoffentlich ja, denn ich werde es jetzt tun. Auch ohne Zustimmung, auch wenn es Konsequenzen haben sollte. Gute Nacht.

Eure Sklavin Lipuria

Als ich die Nachricht noch einmal las, fand ich sie ziemlich blöd geschrieben. Wie albern das klang. Wäre ich Wardoran, ich weiß ich nicht so recht, ob ich das gut gefunden hätte. Tja, ich hatte es so geschrieben, und damit musste ich jetzt leben. Wann würde eine Antwort kommen? Gleich Montag, wenn er wieder zu Hause war? Dienstag? Keine Ahnung!

Zunächst fuhr ich am Sonntag auf Dienstreise nach Würzburg, wo ich einen PC-Kurs belegen sollte. Fünf Tage würde ich dann ganz für mich sein. Keine Familie, keine Verpflichtungen. Ich wollte jeden Tag laufen gehen und Kraftsport machen. Meinem Rücken ging es endlich besser.

In Würzburg angekommen machte ich es mir in meinem kleinen
Hotelzimmer gemütlich und ging früh zu Bett. Abwartend.

Sieben

Am Montagmorgen beim Frühstück im Hotel vibrierte mein Handy und signalisierte mir, dass ich eine Nachricht hatte. Bang! Sie war von Wardoran! Mit zitternden Händen öffnete ich sie. Es verschlug mir den Atem.

Meine liebe Sklavin Lipuria,

dein Auftreten mir gegenüber zeugt von deiner Erfahrung und davon, dass du im Grunde schon weißt, was sich für eine Sklavin gehört. Besonders die von dir gewählte Umgangsform in deiner letzten Nachricht gefällt mir ausgesprochen gut, dennoch erläutere ich meine Sicht im Folgenden noch etwas, weil es mir wichtig ist, dass du meine Einstellung und Gedankenwelt verstehst.

Zunächst die ganz praktische Überlegung der Anrede. Im Grunde wäre ein »Sie« natürlich angemessen, aber das sollte - auch um Verwechslungen zu vermeiden - dem Dienst vorbehalten bleiben. Ich war zunächst versucht, aus Gründen der Praktikabilität das »Du« vorzuschlagen, aber viel besser ist in der Tat das von dir bereits verwendete »Ihr«. Das erfordert im praktischen Alltag einige Umstellung und Überlegung, weil es ungewohnte Formulierungen zur Folge hat, aber letztlich ist genau das der wesentliche Vorteil. Schließlich sollte eine Sklavin jeden Satz, den sie gegenüber ihrem Herrn äußert, wohl überlegt haben. Außerdem haben auf diese Weise alle drei Ebenen unserer Kommunikation ihre eigene Form. Du behältst also in diesem Kontext die Anrede »Ihr« bei. Ich bin mir durchaus bewusst, dass in der mündlichen Kommunikation vor allem Worte wie »Euer«, »Euch«, etc. sehr problematisch für dich sind, aber wir werden sehen, wie sich das praktisch bewährt. Ansonsten ist das auch von dir bereits verwendete »Herr« ebenfalls eine angemessene direkte Anrede.

Die ebenfalls von dir selbst gewählte Bezeichnung »Sklavin« gefällt mir auch sehr gut. Wie du weißt, bin ich ein Freund der goreanischen Sicht des D/S-Verhältnisses, dort ist es die einzig verwendete Bezeichnung. Viele Menschen empfinden diesen Begriff aufgrund seiner gesellschaftlichen Implikationen und historischen Bedeutung als unangemessen. Ich finde dieses Wort sehr schön, gerade weil es nicht gender-mainstream-politisch-korrekt-angepasst ist und weil ich darin den Inbegriff dessen sehe, was unser Verhältnis ausmachen sollte. Wie du siehst, passiert auch bei mir ganz viel im Kopf, und es sind diese Kleinigkeiten, die das Spiel ausmachen. Und es freut mich sehr, dass wir da auf einer Wellenlänge liegen.

Zwei Anmerkungen zu deinen beiden Nachrichten:

»Ich erwarte vor Montag auch keine Antwort ...«, ist eine ganz schön gewagte Formulierung. Aber da es sich bei dieser Nachricht offensichtlich noch um einen Übergang handelte, will ich das diesmal nicht auf die Goldwaage legen.

Ehrlich gesagt hatte ich nicht das Gefühl, am Samstag allzu fest zugelangt zu haben, aber offensichtlich war es doch ganz ordentlich. Du musst mir in jedem Fall Rückmeldung geben, wenn es zu viel wird.

Nun zu den Aufgaben. Das fällt mir insofern etwas schwer, als wir noch keine gemeinsamen Rahmenbedingungen und Regeln festgelegt haben. Insbesondere mögliche Überschneidungen mit dem Dienst können meines Erachtens sehr reizvoll sein, weil dabei ein Spiel in einer Öffentlichkeit abläuft, die davon nichts ahnt, obwohl es vor ihren Augen stattfindet. So etwas müssen wir aber erst besprechen und abstimmen. Was ich ebenfalls nicht weiß, ist, wie es mit deinen Möglichkeiten zu Hause aussieht, denn da sollst du ja auf keinen Fall in Bedrängnis geraten, das ist fast noch wichtiger als im Dienst.

Einige schöne Bilder sind tatsächlich einer meiner ersten Wünsche. Ich denke, dass du weißt, was ein »Wunsch« meinerseits für dich

bedeutet. Allerdings sind meine Vorlieben dabei deutlich unterschiedlich zu deinen. Das ist auch die wesentliche Herausforderung bei
dieser Aufgabe: Auf meinen Fotos von dir muss alles zu sehen sein
und nichts abgeschnitten oder gezielt verborgen werden.

Dies führt mich direkt zu einer der Grundregeln, welche die Basis für
Folgendes ist.

Eine Sklavin ist grundsätzlich nackt, es sein denn, ihr Herr hält es für
angemessen, ihr ein Kleidungsstück zur Verfügung zu stellen.

Eine Sklavin hat nichts zu verbergen, sie steht ihrem Herrn uneingeschränkt zur Verfügung. Schamgefühl ist daher unangebracht, denn
einerseits hat eine Sklavin nichts, was ihr gehört, was sie also verbergen müsste, andererseits gibt es auch deshalb keinen Grund dazu,
etwas verbergen zu müssen, weil eine Sklavin durch den anerken-
nenden Blick ihres Herrn schöner wird, als jede »freie« Frau es jemals
sein könnte. Wir werden daran arbeiten.

»Geiles Miststück« gefällt mir in diesem Kontext daher ausgesprochen
gut. Meiner Auffassung nach ist es eine der wesentlichen Aufgaben
einer Sklavin, ihrem Herrn jederzeit zur Befriedigung seiner Lust zur
Verfügung zu stehen. Dafür ist es durchaus hilfreich, einerseits ein
geiles Miststück zu sein und andererseits »in Übung zu bleiben«. Insofern hast du meine grundsätzliche Erlaubnis dazu, es dir in Gedanken
an deinen Herrn selbst zu besorgen.

Aber das Ganze hat einen noch viel tieferen Sinn, worin auch eine
Aufgabe liegt, an der du vielleicht (oder auch nicht?) längere Zeit
wirst arbeiten müssen: Eine gute Sklavin ist in der Lage, auf den
Befehl ihres Herrn, für ihn feucht zu werden. Die Übung dafür ist,
spontan Gedanken heraufzubeschwören, die dich so geil machen,
dass du allein durch sie so feucht wirst, dass ich direkt und mühelos
in dich eindringen kann. Ich erwarte deinen Bericht hierzu.

Eine weitere Aufgabe habe ich noch für dich. Auch hier wieder ein
Ausblick auf das langfristige Ziel: Ich erwarte mit der Zeit von dir,
bestimmte Positionen auf Befehl einzunehmen beziehungsweise dies

mit der je nach Situation angemessenen Position selbstständig zu tun. So gilt zum Beispiel, wie du sicherlich weißt, dass eine Sklavin vor ihrem Herrn und vor anderen Herrschaften grundsätzlich kniet, wenn nichts anderes befohlen wird.

Die erste Position, die du üben sollst, ist einfach, aber, auf Dauer durchaus anstrengend und unbequem. Sie nennt sich auf Gor »Turm«, weil sie die Standard-Position der Turm-Sklavinnen, im Gegensatz zu den Lust-Sklavinnen, ist. Du kniest auf dem Boden und lässt den Po auf die Fersen sinken, die Knie sind geschlossen, und die Hände liegen mit den Handflächen nach unten auf den Oberschenkeln. Dabei achtest du stets auf eine aufrechte Haltung des Oberkörpers, der Kopf ist gerade, der Blick gesenkt. Ist die Ausführung soweit klar?

Ein Befehl hierfür ist selten nötig, weil eine Sklavin diese Position selbstständig einnimmt, wenn weibliche freie Personen anwesend sind. Eine Geste hierfür gibt es allerdings: Der Herr zeigt mit dem Zeigefinger auf den Boden vor sich. Du sollst diese Position zunächst zehn Minuten lang für mich einnehmen, natürlich nackt, am besten vor einem Spiegel. So kannst du dich selbst betrachten und gegebenenfalls korrigieren. Berichte mir von deinen Gefühlen dabei – und ich hätte gerne ein Foto davon. So, das soll für heute genügen. Es war recht viel Philosophie dabei, aber sie ist nun mal die Grundlage für alles. Es passiert alles nur im Kopf.

Dein Herr Wardoran

Nachdem ich die Nachricht von Wardoran gelesen hatte, war nichts mehr wie zuvor. Im Vorfeld hätte ich nicht sagen können, was für eine Antwort ich mir gewünscht hätte. Im Grunde jedoch war es genau diese, weil sie mich bis ins Mark traf. Ich war angefixt. Wenn es bis dahin ein Zurück aus diesem Spiel hätte geben können, war dieser Zug nun definitiv abgefahren. Und ich saß drin. Mit einer »Affengeschwindigkeit« war ich nun unterwegs. Das Ziel nicht absehbar. Zwischenstopps auch nicht. Die Fahrt fühlte sich gut an. Extrem gut. Also zurücklehnen und genießen.

Als schwierig gestaltete sich ab diesem Moment meine Konzentration im realen Leben. Dies bedeutete unmittelbar, nicht den Faden zu verlieren in meinem Kurs, der ja gerade erst begonnen hatte. Ich saß in diesem Fortbildungsinstitut an meinem PC und sollte neue Dinge lernen. Zwei Damen führten uns Teilnehmerinnen durch die nächsten fünf Tage. Immer wieder begannen meine Gedanken, sich selbstständig zu machen. Sie bekamen einfach Flügel. Ich fühlte mich ein wenig wie frisch verliebt. Auf einer Wolke schwebend. Es war so surreal und fühlte sich doch so echt an. Ich musste mir den Text von Wardoran immer und immer wieder durchlesen.

Meine Mitmenschen um mich herum nahm ich wahr, hatte jedoch kein großes Interesse, mich näher mit ihnen zu beschäftigen. Ab der Mittagszeit waren meine Gedanken nur noch bei der Abarbeitung meiner Aufgaben, die mir mein Herr gestellt hatte. Tja, wie geht das Sprichwort: »Hüte dich vor deinen Wünschen. Sie könnten wahr werden!« Mein Wunsch war definitiv erhört worden.

Der Nachmittag zog sich ewig hin. Die Minuten vergingen im Schneckentempo. Endlich siebzehn Uhr! Feierabend. Ich packte mir Musik auf die Ohren und lief in die City Richtung Hotel.

Dort angekommen sprang ich in meine Laufklamotten und lief eine gute halbe Stunde am Main entlang und durch Würzburg. Meine Musikauswahl war auf Tempo eingestellt. Klar, ich war auf Droge und wollte runterkommen. Das hieß auspowern, soweit dies in knapp fünfunddreißig Minuten ging. Normalerweise genügt das nur zum Warmwerden. Am Main entlang, mit dem Blick auf das Wasser und etlichen coolen Songs in den Ohren, ließ ich meine Gefühle Revue passieren. Es war ein gigantischer Gefühlscocktail. Zuckersüß wie ein Orgasmus oder sinnlich-fruchtig wie ein Sex on the Beach. Wahrscheinlich beide Cocktails nacheinander und miteinander. Alles durcheinander!

Hier lief ich nun – Mitte 40, verheiratet, leider unglücklich, Mama von drei Kindern, teilzeitbeschäftigte Tippse, die leidenschaftlich gern joggte. Nun trug ich, neben den Titel Femdom, noch den Titel Sklavin, weil ich den Hals nicht voll genug bekommen konnte. Allerdings begannen sich schon leichte Zweifel zu melden, ob ich das mit der Femdom auf Eis legen sollte. Abwarten, riet mir mein Freund Tom, mit dem ich telefoniert hatte. Die letzten Meter beim Lauf fühlten sich fantastisch an.

Wieder im Hotel begann ich mit meinen Kraftübungen. Nach einer halben Stunde waren diese abgehakt, und ich widme mich den Aufgaben meines Herrn. Wie war das gleich: »Gedanken heraufzubeschwören, die dich so geil machen, dass du allein durch sie so feucht wirst, dass ich direkt und mühelos in dich eindringen kann.« Okay? Wie ich das hinbekommen sollte, war mir noch vollkommen unklar! Dann diese Position: »Turm«.

Ganz ehrfürchtig zog ich mich aus und kniete mich hin. Ich schloss die Augen. Mich nackt im Spiegel betrachten wollte ich nicht. Das sah schließlich nicht gut aus. Jedenfalls nicht für mich. Zehn Minuten sollte ich nun in dieser Position aushalten. Hm, erst einmal fühlte es sich gut an. Der Raum war warm. Die Stille und die innere Ruhe taten tatsächlich gut. Das Ganze hatte etwas Meditatives.

Entspannung breitete sich in meinem Innern aus. Das hätte ich nicht gedacht.

Ich öffnete ein Auge und blinzelte in Richtung Spiegel. Dann öffnete ich beide Augen und betrachtete mich neugierig im Spiegel.

Vor meinem inneren Auge sieht es definitiv besser aus, dachte ich. Also schloss ich meine Augen wieder.

Natürlich konnte ich so nicht auf meine Haltung achten und sie gegebenenfalls korrigieren, aber was soll's.

Einen Moment später fingen meine Beine an zu kribbeln. Das hat ja nicht lange gedauert, dachte ich und schaute auf die vor mir liegende Stoppuhr im Smartphone. Ach, doch etwas über zehn Minuten. Super! Mehr brauchte ich ja auch nicht zu schaffen. Nun musste nur noch ein Foto her, in dieser Position.

Fotografie ist für mich etwas Besonderes. Meine Mutter ist gelernte Fotografin, mein Bruder besaß vor einiger Zeit einen Fotoladen, und ich hatte vier Jahre lang mein Leben mit einem Fotografen geteilt. Somit habe ich ein gewisses Gefühl und Händchen für Fotos.

Was die Aufgabe aber nicht unbedingt leichter machte. Ich experimentierte unendlich lange herum, bis ich eine halbe Stunde später ein Foto geschossen hatte, mit dem ich leben konnte. Dabei hatte ich Möbel verschoben, den Zimmerspiegel von der Wand genommen und mir mehrfach fast den Arm verrenkt, um den besten Blickwinkel für mein Bild zu bekommen. Zum Glück war ich ja nicht zu Hause und hatte den ganzen Abend Zeit. Ich musste auch eine App herunterladen, um meine Bilder noch ein klitzekleines bisschen bearbeiten zu können. Ganz so naturell wollte ich meine Nacktfotos nun nicht versenden. Dafür war ich zu eitel.

Endlich fertig! Es war mittlerweile schon verdammt spät und ich fix und fertig, aber glücklich. Jetzt schrieb ich noch in Ruhe an Wardoran zurück, leider mit x Rechtschreibfehlern, was eine große Schwäche von mir ist, und hängte das Bild an. Ich war überglücklich. Meine erste Aufgabe als Sklavin hatte ich mit Freude und Stolz fertig abgearbeitet. Yippie.

Ach ja, ich musste ja noch mit meinem Mann telefonieren. Den hatte ich fast vergessen. Das ging nicht. Also ab aufs Bett, gemütlich machen und anrufen. Es fiel mir leicht, mit ihm im Smalltalk-Modus zu reden. Ich belog ihn ja nicht, ich erzählte ihm nur einfach nicht, was ich zuvor getan hatte oder was mir durch den Kopf ging. Ich war erstaunt und entsetzt zugleich, wie einfach das war. Für einen Moment tat er mir leid und ich hatte ein schlechtes Gewissen. An meine kleine Tochter musste ich auch denken und daran, wie ich jahrelang für diese Familie gekämpft hatte. Doch dieser Moment ging vorüber. Stattdessen nahm ich mir einen Drink aus der Hotelbar und ging unter die Dusche. Dort befreite ich mich vom Schweiß des Laufens und verpasste mir einen Orgasmus. Dabei dachte ich an harten und geilen Sex mit Wardoran. Irgendwann verschwand ich in meinem Bett. Es war spät. Allerdings war mir das ziemlich schnuppe. Glücklich und zufrieden schlief ich an diesem Abend ein. Das Leben war immer wieder faszinierend und schön!

Acht

Die gesamte Woche in Würzburg verging so: Während des Frühstücks im Hotelrestaurant machte ich mit zittrigen Händen mein Handy an und erwartete voller Sehnsucht Neuigkeiten von Wardoran. Jeden Morgen erhielt ich auch eine sehr lange und ausführliche Nachricht. Darin enthalten waren Aufgaben, Erzählungen über »Gor« und die Ansichten meines Herrn darüber. Er schrieb, wie ihn die Bewältigung seiner Aufgaben durch mich erfreute. Es war wundervoll.

Anschließend genoss ich die halbe Stunde Spaziergang zum Institut mit Musik auf den Ohren. Ich träumte mich in meine Welt hinein und genoss die Tatsache, eine Sklavin zu sein.

Den Tag über versuchte ich, bestmöglichst den Vorträgen zu lauschen und mich zu konzentrieren. Nach dem Mittagessen hatte ich stets das Gefühl, der Tag zöge sich wie extra langer Kaugummi.

Irgendwann war es siebzehn Uhr und Zeit, ins Hotel zu düsen.

Umziehen und laufen gehen. Danach Kraftsport. Dann kamen die Aufgaben von Wardoran dran. Insgesamt drei Mal musste ich Stellungen aus »Gor« einnehmen und mich dabei fotografieren. Jedes Mal hatte ich fast das gesamte Hotelzimmer umgebaut, um meinen eigenen fotografischen Vorstellungen zu genügen. Es machte Spaß. Ganz stolz sendete ich die Fotos an ihn und freute mich schon auf seine Antwort.

So verging die Woche wie im Flug. Wardoran und ich waren voll im Spiel, und es gab für uns beide kein Zurück mehr. Nur einige Rahmenbedingungen mussten noch festgelegt werden. Ach, wie aufregend doch alles war!

Am Freitag hieß es dann: ab nach Berlin. Für die Rückfahrt hatte sich Wardoran eine besonders anspruchsvolle Aufgabe ausgedacht. Ich sollte es im Zug irgendwie schaffen, zu masturbieren. Total schockiert hatte ich seine Nachricht gelesen. Sein süffisantes Lächeln beim Schreiben dieser Aufgabe konnte ich mir gut vorstellen. Bestimmt hatte er sich vor Freude die Hände gerieben. Das tat er immer, wenn ihn etwas besonders erfreute.

Na ja, so schnell gab ich nicht auf. Mir fiel nach einem anfänglichen Schock immer irgendwas ein.

Die Zugtoilette als Ort des Geschehens fiel natürlich aus. Auch wenn das spontan die passende Möglichkeit gewesen wäre. Aber ich benötigte ein nettes Ambiente oder Feeling. Das ging auf einem Zugklo gar nicht. Außerdem würde mich der Gedanke wahnsinnig machen, draußen warte jemand, der auch aufs Klo wollte. Ich würde verrückt werden. Nein, das ging definitiv nicht. Eine andere Idee musste her.

Nun, der Winter macht's möglich. Versteckt unter meiner dicken Winterjacke stellte ich mich schlafend. Da ich Erster Klasse fuhr, war hier alles etwas ruhiger und entspannter. Ich kuschelte mich schön ein und schloss die Augen. Dann versuchte ich, ganz vorsichtig und langsam meine Hose zu öffnen, und tastete mich vorsichtig in Richtung meiner Klit. Natürlich wollte ich nicht, dass jemand im Abteil ein wildes Gewühl unter meiner Jacke sah. Alles musste sehr behutsam vonstattengehen. Die Aufgabe an sich kickte mich schon so sehr, dass ich tatsächlich ein wenig geil zwischen meinen Beinen wurde.

Wer hätte das gedacht? Was wir Menschen so treiben, echt verrückt!

Sex im Zug hatte ich natürlich schon gehabt. Früher, als es in den Abteilen noch Vorhänge gab. Das war so um …. Ach, keine Ahnung. Es ist lange her. Da war ich noch sehr jung, verdammt jung. Selbst Hand anlegen im Zug, war jedoch vollkommen neu für mich. Bis zum Ende kam ich natürlich nicht. Das wäre ja auch zu schön gewesen, um wahr zu sein. Nein, so geil war ich dann doch nicht. Den Kopf kann ich unter solchen Bedingungen eben nicht ganz ausschalten.

Ich schrieb im Zug noch meine vorerst letzte Nachricht an Wardoran mit meinem Bericht über meine besondere Aufgabe. Wir beide waren so verblieben, dass ich erst einmal in Ruhe zu Hause ankommen sollte. Montag nach Dienstschluss wollten wir uns bei Wardoran treffen und alle relevanten Fragen klären, die offengeblieben waren. Das waren einige. Oh, oh, oh, war ich aufgeregt.

Am Montag, als ich ihn im Dienst sah, machte ich mir vor Aufregung fast in die Hosen. Ich wusste nicht, wie ich ihn ansehen sollte, wie mich geben.

Natürlich ganz normal. Ja, schon klar! Aber wie umsetzen?

Theorie und Praxis gingen da etwas auseinander. Gerade wenn noch andere Kollegen im Raum waren, empfand ich es als besonders schwierig.

Sehr gern hätte es ja mein Herr, wenn ich ihn im Raum mit anderen oder auch allein unter uns mit Euch ansprechen würde. Die Idee war auch total sexy. Funktionierte jedoch nicht.

Seit meiner Kindheit habe ich ein Stotter-Problem, welches in den vielen Jahren immer weniger geworden und kaum noch wahrnehmbar ist. Allerdings nur, wenn ich »gut vorsortiert« sprechen kann. Dann lasse ich Wörter weg, die ich nicht aussprechen kann und ersetze sie durch andere passende Wörter. Das hatte ich fast perfektioniert. Einen Haken gibt es bei der Sache jedoch. Manche Wörter kann ich nicht umschreiben, da sie nicht ersetzbar sind. Ich kann sie dann entweder weglassen oder stotternd vortragen. Letzteres lasse ich lieber bleiben. Zu dieser Sorte Stotterer gehöre ich nicht. Denn ich finde es extrem störend, wenn ein jemand unbedingt ein Wort herausbringen möchte. Es vergehen gefühlt Stunden, bis es gesprochen wird, und es sieht einfach bescheuert aus. Punkt!

Zu solchen Wörtern gehören alle, die mit dem Vokal beginnen. Somit ist Euch ein ganz schlechtes Wort. In meiner schriftlichen Kommunikation war es natürlich machbar, logisch. Da benutze ich dieses Wort auch ausgiebig. Auch andere Worte verwende ich dann gern mal, wie explizit.

Die so schöne Anrede Ihr und Euch kann ich mir jedoch sparen. Somit bliebe es im Büro beim simplen Sie. Schade aber auch.

Beim Sex kann ich vor lauter Geilheit ganz viel Euer, Ihr – einfach alles mit Vokalen sprechen. In diesen Momenten ist mein Gehirn irgendwie anders programmiert. Ich könnte wahrscheinlich ganze Gedichte mit Vokalen vortragen. Das mal so kurz am Rande.

Wardoran und ich trafen uns also am Montag nach meiner Fortbildung, um Details unserer Beziehung zu klären. Wir verabredeten, dass das Spiel auch im Büro bestehen bleiben sollte. Sobald ich Wardoran im Dienst zum ersten Mal sehen würde, müsste ich versuchen, ihn gebührend zu begrüßen. Das bedeutete, ich muss ihm die Hand küssen. Ganz großes (Kopf)Kino! Irgendwann musste ich es schaffen, in sein Büro zu gelangen, ihn allein vorzufinden und ihm die Hand küssen, ohne dass uns jemand erwischt. Das war verrückt und es fühlte sich total cool an! Auf diese Idee waren wir beide unabhängig voneinander gekommen. Beide sind wir Menschen mit Vorlieben für große Gesten.

Dass mich Wardoran richtig »in Besitz nehmen« wollte, hatte ich erst nicht verstanden. Schon bald erklärte er es mir: Ein Halsband sollte ich erhalten. Immer in seiner Gegenwart oder wenn ich allein in der Szene unterwegs war, sollte ich es tragen. Wow! Hammer, dachte ich. Auf so etwas wäre ich nie gekommen, fand den Gedanken aber total geil. Das Halsband war leider noch nicht da. Sobald es geliefert worden wäre, würde ich es erhalten.

Klamotten im Dienst – war ja klar: »Unten« soweit möglich ohne Höschen. »Oben ohne« ging ja ohnehin nicht mehr als extra Befehl durch, da ich nie einen BH trage, außer beim Sport. Lohnt sich auch nicht wirklich, denn ich trage, wenn überhaupt, eine 75B, und noch hält alles von allein.

Ausgehen in die BDSM-Szene war natürlich nur nach Rücksprache möglich, und Flirten, Fummeln und Sex mit anderen Personen sowieso. Ausgeschlossen war mein Privatleben mit meinem Mann. Das blieb unangetastet. Ein letztes Detail bis dahin.

Wardoran würde hin und wieder zu mir in die fünfte Etage kommen und mich dort aufsuchen. Ich war bis auf meine Chefin allein in diesem Stockwerk tätig. Wenn sie nicht da war, hatte ich also sturmfreie Bude. Dann würde Wardoran mit mir in »unsere Kammer« verschwinden und sich mit mir und an mir vergnügen. Dafür hatte ich mich stets zur Verfügung zu halten.

Wir konnten nur hoffen, dass nie etwas schiefgehen würde. Für den Fall, dass wir erwischt würden, hieß unser Credo: Wir leugnen nichts. Darauf hatten wir beide keine Lust. Ich war happy. Wardoran war sehr glücklich, mich als seine Sklavin zu haben. Es konnte weitergehen. Mit einer ordentlichen Portion SM-Sex besiegelten wir unseren Pakt.

Neun

An einem Freitagnachmittag trafen wir uns im Schwarzen Reiter, einem Berliner Fetisch-Shop, um mir ein Halsband zu kaufen. Endlich! Nachdem mir Wardoran das erste Mal davon geschrieben hatte, bekam ich dieses Bild nicht mehr aus meinem Kopf. War das nicht was für Hardcore SMler? Bin ich auch hardcore? Eigentlich fühlte ich mich ganz normal.

Nachdem mir nun dieser Floh ins Ohr gesetzt worden war, war ich von der Vorstellung besessen. Ich, Wardorans Eigentum, sichtbar gemacht durch sein Halsband. Ja, ja und nochmals ja! Ich freute mich so sehr.

Zwischen all meinen privaten Verpflichtungen an diesem Tag schaffte ich es, unter dem Vorwand, Weihnachtsgeschenke kaufen zu wollen, fast pünktlich in der Berliner City zu erscheinen. Ich mag es nicht, zu spät zu kommen, und kann es überhaupt nicht leiden, wenn ich warten muss. Zu spät kommen zeigt mir, dass derjenige sein Zeitmanagement nicht unter Kontrolle hat. Ein No-Go! Gerade noch so schaffte ich es, mich nicht über mich selbst zu ärgern, und huschte in den Laden. Wardoran war schon da.

Er lächelte mich an. Wie ich dieses Lächeln liebte. Es war von Herzen freundlich und offen und nahm stets alle Spannungen von mir. Wir schauten uns um und mussten leider schnell feststellen, dass es kein passendes Halsband für mich gab, das uns beiden gefallen hätte. Oh, das war sehr frustrierend. Es fiel mir sehr schwer, nicht enttäuscht zu wirken.

Ein wenig schauten wir uns noch um und fanden ein, zwei Kleidungstücke, die ich anprobieren sollte. Prickelnde Stimmung kam dabei allerdings nicht auf, da uns der Verkäufer regelrecht rauswarf, mit der Begründung, er müsse noch eine dringende Erledigung machen. Wir könnten ja später wiederkommen. Nun ja, das wollten wir definitiv nicht.

Ein Kleidungsstück kaufte Wardoran mir dann doch. Ein Hauch von Nichts. Vorne durchsichtiger schwarzer Stoff, hinten nur dünne schwarze Schnüre. Wenn man es ganz lang zog, konnte es sogar als Kleid getragen werden. Es sollte aber wohl eher ein Top sein. Das Top-Kleid wollte ich gleich am darauffolgenden Tag tragen. Ich hatte vor, mich von Tom ablichten zu lassen. Wardoran wollte später dazustoßen. Bis dahin wäre es eine gute Gelegenheit, das Kleid fotografisch zu verewigen.

Beim Shooting am nächsten Tag hatten Wardoran und ich etwas Anlaufschwierigkeiten. Unser spielerisch-leichter Umgang, der sonst herrschte, war auf den Fotos nicht gut rüberzubringen.

Ich war die ganze Zeit über nackt, was mir enorme Schwierigkeiten bereitete.

Fotografie hat für mich stets ästhetisch schön zu sein. Wenn ich mich ablichten ließ, dann nach dem Motto »weniger ist mehr«. Ich präsentiere mich lieber leicht verhüllt und überlasse dem Kopfkino des Betrachters den Rest. Mein Herr war da anderer Meinung, und dieser musste ich mich an dem Tag unterordnen. Einige sehr schöne Bilder entstanden trotzdem. Fürs nächste Mal, dachte ich, würde ich mir allerdings etwas ausdenken müssen. Noch so ein Nackt-Fotoshooting würde es nicht geben.

Das zweite Problem war, dass Wardoran nicht recht an mich ran wollte. Er war sonst kein Kind von Traurigkeit, aber vor der Kamera spielen oder sogar Sex zu haben, kamen für ihn nicht in Frage. Da war ich wiederum total entspannt. Schade, schade, schade. Ich hatte mir mehr versprochen.

Noch am selben Abend schrieb mir Wardoran, dass er sich freuen würde, wenn ich ihn am folgenden Tag in seinem Büro besuchen würde. Hin und wieder kam es vor, dass er auch sonntags arbeiten musste. Mit mir unter seinem Schreibtisch, ihm einen blasend, während er arbeiten würde, stellte er sich sehr anregend vor.

Okay, das war eine Ansage! Und es würde eine Herausforderung werden.

Am nächsten Tag wollte ich morgens um zehn einen Fünfzehn-Kilometer-Wettkampflauf im Plänterwald absolvieren. Danach müsste ich mit dem Fahrrad in die City fahren – das waren mindestens fünfzehn Kilometer –, um dort Wardoran im Büro zu treffen. Für diese Zeit bräuchte ich ein Alibi. Schließlich wollten mein Mann und ich Freunde besuchen. Lust auf den Besuch hatte ich zwar von vornherein nicht, trotzdem war es mir unangenehm abzusagen.

Fazit: Was sich Wardoran da ausgedacht hatte, ging gar nicht! Und das schrieb ich ihm auch.

Zu kurzfristig, zu anstrengend, zu riskant! Es geht nicht. Es tut mir leid. Wenn ich meine Meinung ändere, dann teile ich es dir noch mit.

Trotzdem grübelte ich den ganzen Abend darüber nach, ob es nicht doch eine Möglichkeit gäbe. Hin und her ging es in meinem Kopf. Ein wahres Pingpong-Spiel lief da ab, während ich zu Hause die Frau und Mutter mimte.

Ich fand die Idee von Wardoran extrem sexy. Nur war es verdammt spontan und zeitlich schwierig zu gestalten. Stress hatte ich in meinem Leben schon genug. Allerdings wäre eine weitere Gelegenheit auf lange Sicht nicht gegeben. Somit schrieb ich zu meiner eigenen Überraschung am kommenden Morgen, dass ich ihn im Büro besuchen würde. Er schrieb erfreut zurück, dass er sich melden würde, wenn die Luft rein wäre. Denn es gab noch zwei weitere Kollegen, die am Sonntag im Büro arbeiten wollten.

So packte ich alle Sachen für den Tag, Laufklamotten und Klamotten zum Wechseln, und machte mich morgens auf. Zu Hause schliefen noch alle, das ersparte mir, meinem Mann ins Gesicht sehen zu müssen.

Um neun Uhr war ich im Plänterwald angelangt. Heute wollte ich den letzten Lauf der Saison absolvieren, fünfzehn Kilometer in unter einer Stunde dreißig. Es war windig und kalt. Nun ja, es war Anfang Dezember. Zum Glück kam kurz vor dem Start die Sonne etwas zum Vorschein.

Zehn Uhr war pünktlich Startschuss. Dreimal musste ich eine Fünf-Kilometer-Runde hinter mich bringen. Ich fühlte mich gut, durch die Musik auf meinen Ohren bekam ich ab und zu Gänsehaut.

Mal wieder hatte ich ein sehr intensives Lebensgefühl, wie sooft beim Laufen. Die Strecke lief ich in einer Zeit von 1:24:24 und wurde in meiner Altersklasse damit Zweite. Ich war glücklich!

Bevor ich mich zu Wardoran aufmachte, genoss ich die kleine Verschnaufpause in der Umkleidekabine. Die Frauen um mich herum zogen sich um, duschten oder unterhielten sich. Für einen kurzen Moment hielt ich inne und versuchte, in ihrer Gesichter zu schauen. Wie ging es ihnen wohl? Waren sie glücklich? Oder gab es Frauen, denen es so wie mir ging? Was taten sie, um glücklich zu sein? Ich grübelte weiter … Oh mein Gott. Wie dumm oder verzweifelt musste ich sein, um so etwas zu tun! Nach solch einem Lauf jetzt noch zu Wardoran …

Außerdem musste ich meinem Mann noch absagen.

Das fiel mir schwer. Ich fühlte mich zum ersten Mal als schlechter Mensch. Trotzdem wollte ich es, und ich wusste auch genau, warum. Es gab mir das Gefühl, etwas für mich zu tun – etwas Schönes, Verrücktes zu tun. Zu leben, zu atmen.

Seinen Mann zu belügen ist nicht gut. Keine Frage. Unsere Partnerschaft hatte sich jedoch so entwickelt, dass ich nun einmal hier saß und diese Entscheidung getroffen hatte.

Wardoran und unsere Beziehung gaben mir das Gefühl, lebendig zu sein.

Mein Leben sollte trotz aller Verpflichtungen, Sorgen und Nöte rocken. Mein Mann konnte mir meine Sehnsüchte und Wünsche, die ich in Bezug auf Sex und SM hatte, nicht erfüllen. Ganz abgesehen von unseren zwischenmenschlichen Problemen, die immer wieder im Streit endeten.

Ich riss mich aus meinen Gedanken, schnürte meinen Rucksack und schrieb meinem Mann eine SMS mit der Absage für den Nachmittag und fuhr in die Stadt, zu Wardoran.

Die fünfzehn Kilometer zogen sich und ich spürte die bereits absolvierten Wettkampfkilometer in den Beinen. Da im Büro noch keine »reine Luft« war, beschloss ich, in einem Café eine Brunch-Pause einzulegen. Die war bitter nötig, alle Kraft war meinem Körper entwichen und mein Magen leer.

Ein Stündchen saß ich im Café und erholte mich. In der Zeit bekam ich eine SMS von Wardoran. Die Luft war rein. Alle anderen hatten das Gebäude verlassen.

Die Antwort meines Mannes, mit einem lieben Gruß und dem Wunsch für einen entspannten Nachmittag, quittierte ich kurz mit einem Danke und schwang ich mich wieder aufs Rad, um zu meinem Herrn zu fahren.

Endlich da. Total verschwitzt stand ich in seiner Bürotür.

»Sie hatten eine Sklavin bestellt«, sagte ich schmunzelnd.

Wardoran lächelte und sagte: »Ja.«

Ich entledigte mich aller Kleidung. Das Büro war angenehm warm. Mein Schweiß und der damit verbundene Körpergeruch machten Wardoran sehr an. Er liebte es, wenn ich noch feuchte Stellen an meinem Körper hatte, die mit Schweißperlen benetzt waren.

Er betrachtete mich ausgiebig und genoss sein Eigentum. Ich ließ mich in meine Position der Sklavin fallen und dachte an nichts mehr. Alle Verantwortung und alles Grübeln hatte ich beim Betreten des Büros abgegeben.

Die Umsetzung der Fantasie, meinem Herrn den Schwanz zu blasen, mussten wir relativ schnell aufgeben. Irgendwie passte das anatomisch alles nicht so recht. Komisch. Ich hätte schwören können, dass ich nicht die erste Frau unter seinem Tisch in dieser Position war.

Aber vielleicht passte es nur bei mir nicht. Natürlich sprach ich meinen Gedanken nicht laut aus. Diese Blöße wollte ich mir nicht geben. Eine andere Position musste her und wurde natürlich auch gefunden. Wardoran stellte mich an seinen anderen Schreibtisch und beugte mich vornüber. Jetzt lag ich mit meinem nackten Oberkörper auf seinen Akten, mein Hintern streckte sich ihm voll und ganz entgegen.

Ja, auch dafür gibt es im Leben ein erstes Mal – Sex im Büro. So sah also meine Premiere aus. Ich hatte sofort Bilder von Helmut Newton im Kopf. Unsere »Session« dauerte verdammt lange. Irgendwann zitterten mir die Beine, und ich bekam leichte Krämpfe. Magnesium wäre gut gewesen.

Der Tag forderte seinen Tribut. Ich war fix und fertig. Mein Arsch glühte von den Schlägen meines Herrn, und ich war wund.

Sonst konnte ich immer abspritzen, wenn meine Möse bearbeitet wurde. Diesmal konnte ich nicht. Mein Körper war am Limit. Ich bettelte darum, Wardoran möge mich bitte endlich erlösen. Er erhörte mich, indem er sich in mir ergoss. Sorgfältig leckte ich seinen Schwanz sauber und säuberte auf allen vieren den Boden.

Jetzt konnte ich auch wieder lachen. Ich huschte über den Gang ins Damenklo und machte mich wieder frisch und schick.

Wardoran machte mir indessen einen leckeren Milchkaffee. Auf dem Boden sitzend, an seine Beine geschmiegt, trank ich meinen hart verdienten Kaffee. Wir plauschten noch ein wenig, bis ich dann irgendwann gehen musste. Es war spät geworden. Die Zeit war wie im Fluge vergangen. Jetzt kam leider der unangenehme Teil des Tages:

Nach Hause fahren.

Zehn

Meine geliebte Lipuria,

es hat mir gut gefallen mit dir heute Abend. Vor allem, als du mir brav deinen nackten Hintern, inmitten der Party, unter deinem Kleid gezeigt hast. Ohne die vielen bekannten Gesichter unserer Firma werden wir in solchen Situationen noch ausgiebiger Spaß haben!

Auch dich im Anschluss an unserer Weihnachtsfeier in meinem Büro zu benutzen, hat mir wieder sehr viel Freude bereitet. Es ist herrlich, wenn du mir deinen Hintern entgegenstreckst und die Beine spreizt, sodass sich deine Möse für mich öffnet.

Auch die Position auf dem Stuhl, als du dich selbst verwöhnt hast, hat mir sehr gut gefallen, weil du dich weit für mich öffnest, mir alles zeigst und mir noch dazu deine Geilheit demonstrierst.

Und ich fühle mich ausgesprochen befriedigt, nachdem ich dich ausgiebig gefickt habe und in dir gekommen bin. Das macht viel Lust auf mehr ...

Mit dieser wunderschönen Nachricht durfte ich ins Bett gehen. Nur in ganz seltenen Fällen bekam ich am Tag oder Abend eine Nachricht von meinem Herrn, Wardoran. Er ging erst spät in der Nacht ins Bett und sendete mir vorher seine Nachrichten, die ich dann morgens, noch ganz verschlafen öffnete. Diesmal allerdings ging auch ich spät ins Bett. Es war gegen halb drei morgens. Gerade war ich von der Weihnachtsparty unserer Firma nach Hause gekommen. Eigentlich war die offizielle Feier viel früher zu Ende. Mein Herr und ich hatten uns jedoch noch zu einer kurzen Session in sein Büro geschmuggelt. Mit meinem Schwips war ich auch zu jeder Schandtat bereit. Endlich konnten wir beide hemmungslos übereinander herfallen.

Während der Weihnachtsfeier ging das natürlich nicht. Wir hatten nebeneinandergestanden oder uns gegenüber gesessen, es gab kurze Berührungen; das war jedoch nur der berühmte Tropfen auf den heißen Stein gewesen.

Ich schloss nun ganz müde und sehr glücklich meine Augen. Gute Nacht!

Am nächsten Tag war Wardoran wieder auf Dienstreise, und ich hing etwas müde an meinem Schreibtisch und arbeitete. Der Tag zog sich dahin wie Kaugummi. Zum Glück hatte ich abends noch meinen Laufkurs. Der machte mir flotte Beine und brachte mich wieder in Schwung.

Zu Hause angekommen, nach dem Duschen, vibrierte mein Handy. Vollkommen unerwartet kam eine Nachricht von meinem Herrn. Ich war auf einmal ganz munter und in meinem Bauch kribbelte es. Mein Puls schnellte in die Höhe, mein Herz raste.

Meine geliebte Sklavin,

ich möchte, dass du morgen Nachmittag um 14:10 Uhr ins Archiv kommst. Du trittst durch die Tür und schließt sie hinter dir ab. Dann ziehst du dich direkt an der Tür aus und kommst nackt die Treppe herunter und kniest mir zu Füßen in der Stellung Bracelet. Bei dem Namen der Position kannst du dir sicherlich denken, was dann passiert.

Anschließend möchte ich, dass folgender Dialog zwischen uns abläuft. Ich weiß, da sind sehr schwierige Worte dabei, aber ich bin zuversichtlich, dass du das schaffst.

Was bist du?

   Ich bin eine Sklavin.

Was ist eine Sklavin?

Eine Frau, die Eigentum ist.

Was will eine Sklavin mehr als alles andere?

Ihren Herrn erfreuen.

Warum trägst du einen Halsreif?

Um zu zeigen, dass ich Eigentum bin.

Was bist du?

Eine Sklavin.

Was willst du mehr als alles andere?

Meinen Herrn erfreuen.

Damit wird es besiegelt sein. Ich wünsche dir eine gute Nacht!

Dein Herr und baldiger Besitzer Wardoran

Hunderttausend Gedanken gingen mir in diesem Moment durch den Kopf. Meine Gefühle fuhren Achterbahn. Endlich sollte ich mein Halsband bekommen. Das war unbeschreiblich. Das Setting war der absolute Hammer. Kopfkino pur.

Aber der Text! Wie sollte ich die ganzen Vokale über meine Lippen bekommen? »Eigentum«, »erfreuen«, »ich«, alles Worte, die ich nicht auf Kommando aussprechen kann. Und wo verdammt noch mal war das Archiv? Tatsächlich war ich noch nie dort gewesen! Freude pur und Horror zugleich gingen in mir um. Erst mal beruhigen! Luft holen. Durchatmen.

Ich kenne mich. Als Erstes bin ich total konfus in solchen Situationen, dann sortierte ich mich. Dabei fällt mir immer etwas ein. Diesmal würde es genauso sein.

Völlig aufgelöst ging ich zu Bett. Eine gute Nacht würde es bestimmt nicht werden. Dafür war ich viel zu aufgeregt.

Elf

Am nächsten Morgen war ich vor dem Wecker wach. Bähm! Mein pochendes Herz trieb mich aus dem Bett.

Heute war ein ganz wichtiger Tag. Heute würde mich Wardoran »in Besitz nehmen«. Der Gedanke daran verursachte mir einen Schauer, der durch meinen ganzen Körper ging. Neben mir lag mein Mann und säuselte im Schlaf. Im Dunkeln tappend, suchte ich mir den Weg aus dem Schlafzimmer. In der Küche machte ich mir ein Kaffee und hörte im Morgenprogramm eines Berliner Radiosenders Weihnachts-popsongs. Was für eine aufwühlende Adventszeit es doch war, dachte ich schmunzelnd, für einen Moment glücklich.

Während mein Rechner im Büro hochfuhr, schrieb ich Wardoran eine Nachricht.

Ich werde da sein. Den Ort werde ich finden, obwohl ich ihn nicht kenne. Für meinen Treueeid werde ich eine Lösung finden.

Eure Sklavin Lipuria

Zunächst einmal sortierte ich mich – so gut es ging. Mails checken und beantworten. Telefonate erledigen. Es war mir allerdings unmöglich, mich voll und ganz auf meine Arbeit zu konzentrieren. Ständig jagten zwei Dinge durch meinen Kopf. Ich musste noch herausfinden, wo dieses verdammte Archiv war. Und ich musste mir überlegen, wie ich meine Antworten auf die Fragen über die Lippen bekäme, die mir mein Herr stellen würde. Also gut, zuerst das Archiv. Ganz »locker« ging ich zu den zwei jungen Damen, die dafür zuständig waren.

»Ich werde im neuen Jahr bestimmt alte Akten von diesem Jahr ins Archiv bringen wollen«, log ich sie an. Bis jetzt musste ich noch nie Akten einlagern. »Wo ist eigentlich das Archiv, und wie mache ich das dann mit den Akten? Können Sie mir da helfen?«, fragte ich und fummelte gleichzeitig nervös an meinen Händen herum.

Die beiden Damen waren entspannt und gaben bereitwillig Auskunft. Sie wurden auch nicht stutzig. Gern würden sie mir das Archiv auch zeigen.

Ich winkte ab. »Nein, Dankeschön, das ist nicht nötig. Wenn ich im nächsten Jahr meine Akten einlagern muss, melde ich mich noch mal«, schwindelte ich erneut.

Ich ließ mir noch Panzertape geben und verließ dann schnellstmöglich die beiden Damen. Das war geschafft! Ich freute mich wie ein kleines Kind. Dann zog ich mich in mein Büro zurück und schrieb meinem Herrn:

Wo das Archiv ist, habe ich nun herausgefunden. Pünktlich zur angewiesenen Zeit werde ich dort vor Euch erscheinen. Zum Sprechen des Textes habe ich folgenden Vorschlag und Wunsch: Die Sätze, die ich Euch als Antwort geben möchte, werden auf kleinen Zetteln mit Panzertape auf meinem Körper befestigt sein.

Ihr nehmt sie mir zu jeder Antwort ab, zart oder derb, und ich lese sie von dort ab.

Sprechen möchte ich diese Antworten mit Euch gemeinsam. Vielleicht mit dem Einstieg ›Sklavin, sprich nun mit mir folgende Worte ...‹

Wenn ich mit Euch zusammen die Worte formuliere, geht es mit meinem Sprachfehler. Warum auch immer das so ist. Diesen Trick habe ich mal gelernt. Wichtig ist nur, dass wir zusammen und nicht nacheinander sprechen. Würdet Ihr mir diesen Wunsch erfüllen? In heller Aufregung,

Eure Sklavin Lipuria

Wardoran antwortete mir:

Deine Kreativität gefällt mir. Wir werden es so machen.

Bis zu unserem Treffen musste ich mich verdammt zusammenreißen, um meinen Job ordentlich auf die Reihe zu bekommen. Der Tag zog sich.

Irgendwann musste ich noch mal zu Wardoran ins Büro. Er vertrat an diesem Tag meine Chefin. Ich betrat den Raum. Mein Herz begann zu rasen, und in meinem Bauch kribbelte es. Eine Kollegin, die neben ihm stand, lächelte ich so locker wie möglich an und grüßte sie. Wardoran anzulächeln fiel mir etwas schwerer. Er war die Höflichkeit und Entspanntheit in Person. Ich trug mein Anliegen vor. Er gab mir dazu seine Antwort und verabschiedete mich zweideutig. Total verunsichert verließ ich das Büro. Warum konnte ich nicht so locker und cool sein wie er? Noch eine Stunde blieb bis zu unserem Zusammentreffen im Archiv.

Endlich Viertel vor zwei!

Ich schloss mein Büro zu und machte mich auf der Damentoilette frisch.

Das Panzertape mit den schon beschrifteten Zetteln brachte ich an meinem Körper an. Sechs Zettel musste ich verteilen. Ich klebte sie auf meine Brüste, unter mein Kinn, den Bauch und auf meinen Venushügel. Nun musste ich meine Klamotten wieder drüberziehen. Hoffentlich hielten die Zettel!

Die meisten Kollegen hatten das Gebäude wohl schon verlassen. »Ab Eins macht jeder seins«, so die Devise am Freitag in einem Büro. In der Hoffnung, niemanden mehr anzutreffen, machte ich mich per Fahrstuhl auf ins Kellergeschoss.

Ich stieg aus und hielt erst mal die Luft an. Ganz langsam atmete ich aus. Mein Herz raste. Vorsichtig ging ich auf die Tür zu, die ins Archiv führte. Die Türklinke rastete ein, die Tür öffnete sich. Wieder einmal hatte ich das Gefühl, einen Grad tiefer in die Beziehung zu Wardoran einzutauchen. Ab hier würde wieder etwas anders sein, etwas Neues entstehen. Ich atmete noch einmal tief ein und aus und ging dann beherzt durch die Tür.

Vorsichtig verschloss ich sie wieder.

Nun legte ich meine Kleidung ab, ganz behutsam, damit meine festgeklebten Zettel nicht vom Körper fielen.

Dann ging ich mit gesenktem Kopf die Treppe herunter ins Archiv hinein.

Wardoran erwartete mich bereits.

Er war nackt. Breitbeinig und mit verschränkten Armen stand er da. Sein Schwanz war schon zu einer beachtlichen Größe angeschwollen. Wir freuten uns also beide auf dieses Ritual. In sein Gesicht zu schauen, traute ich mich nicht. Ich hielt meinen Kopf gesenkt, während ich auf ihn zu ging. Kurz vor ihm blieb ich stehen und hielt in der Position Bracelet inne. Er betrachtete mich ausgiebig und berührte mich zärtlich am ganzen Körper. Ich wackelte etwas und verlor das Gleichgewicht. Er hielt mich fest und drückte mich an sich. Oh, das tat gut und entspannte mich für einen Moment. Dann wies er mich an, auf die Knie zu gehen.

Er riss mir mit einem einzigen Ruck den ersten Zettel vom Körper, stellte mir die erste Frage: »Was bist du?«, und wir beantworteten sie gemeinsam, damit ich alles aussprechen konnte.

»Ich bin eine Sklavin.«

Den zweiten Zettel hatte ich auf meine linke Brustwarze geklebt. Schließlich wollte ich, dass dieses Ritual uns beiden Freude bereitet.

Zack, riss er ihn ab.

Es tat ein wenig weh.

»Was ist eine Sklavin?«, fragte Wardoran.

»Eine Frau, die Eigentum ist«, sprachen wir zusammen.

Den dritten Zettel riss er mir von der rechten Brustwarze.

Wieder war da ein zarter Schmerz.

Zur Aufregung mischte sich Geilheit in meiner Möse.

»Was will eine Sklavin mehr als alles andere?«, kam dann als nächste Frage von ihm.

»Ihren Herrn erfreuen«, gaben wir beide zur Antwort.

Die beiden nächsten Zettel gingen leicht ab, sie waren am Bauch befestigt.

»Warum trägst du einen Halsreif?«

»Um zu zeigen, dass ich Eigentum bin.«

»Was bist du?«

»Eine Sklavin.«

Der letzte Zettel war an der pikantesten Stelle angebracht.

Wardoran nahm ihn aber ganz vorsichtig ab und stellte nun die letzte Frage:

»Was willst du mehr als alles andere?«

»Meinen Herrn erfreuen«, gab ich mit ihm zusammen zur Antwort.

Er griff zur Seite, holte das Halsband aus dem Regal und legte es mir an. Als er es verschloss, war dies ein unbeschreibliches Gefühl. Es war ein sehr schweres Halsband in Form eines Seiles.

Nach dieser Zeremonie wollte Wardoran natürlich sein Eigentum in Besitz nehmen. Er drehte mich um und begann mich von hinten zu ficken. Ich versuchte, irgendwie Halt an den Aktenregalen zu finden.

Hoffentlich hörte uns hier niemand! Da ich in solchen Situationen immer sehr laut bin, hatte ich das Gefühl, mein Stöhnen würde bis vor die Tür des Archivs dringen. Lief da nicht gerade jemand vorbei? Ich war der Meinung, eine Tür wäre ins Schloss gefallen.

»Hier hört uns wirklich niemand«, sagte Wardoran beruhigend, als ich ihm meine Bedenken mitteilte. So richtig entspannen und das Ganze genießen konnte ich noch nicht.

Ein Knebel wäre gut gewesen. Den musste ich mir unbedingt von meinem Herrn wünschen.

Irgendwann gewann die Geilheit gegen die Grübelei in meinem Kopf, und ich gab mich den tiefen Stößen meines Herrn hin. Es dauerte nicht lange, und er kam in mir. Ich hatte dieses Mal keinen Orgasmus bekommen. Tja, wer beim Ficken zu viele Gedanken im Kopf hat, ist selber schuld, dachte ich.

Wardoran wiederum meinte: »Du bist ja gar nicht gekommen. Ob das wohl Absicht von mir war?«

Es war das letzte offizielle Treffen vor den Weihnachtsferien. Wahrscheinlich wollte er mich auf ganz kleiner Flamme »geil köcheln«. Als Wardoran seinen Schwanz aus meiner Möse zog, führte er meine Hand unter sie, damit sich sein Saft auf meine Hand ergoss.

»So, nun schön auflecken. Alles!«, sagte er in seinem typischen sanften, aber bestimmten Ton. Sperma auflecken, damit hatte ich nicht gerechnet.

Ich tat, wie mir geheißen wurde. Unangenehm war es nicht, richtig geil jedoch auch nicht. Daran muss ich mich erst gewöhnen, dachte ich.

Wir zogen uns an und machten uns auf in Wardorans Büro.

Peng! Riesenschreck! Mir fiel ein, dass die Zettel, die ich auf meinem Körper geklebt hatten, noch im Regal lagen. Wardoran grinste ganz breit und sagte: »Ich hätte dich gern später noch einmal daran erinnert.«

Im Gegensatz zu mir war Wardoran im Kopf immer gut sortiert, allerdings nicht auf seinem Schreibtisch.

Wir tranken nun noch in Ruhe einen Kaffee in seinem Büro. Ich hockte mich zu seinen Füßen. Wardoran streichelte mich. Wir sprachen über die nächsten Tage und Wochen.

Jetzt standen drei Wochen Pause an, jedenfalls was die direkte, körperliche Beziehung anging. Wir würden uns nur per Threema schreiben können. Wardoran verbot mir bis auf Widerruf die Selbstbefriedigung und allen Sex. Mistkerl. Aber ein geiler Mistkerl. Mal sehen, wie lange er mich schmoren lassen würde.

Anfang Januar erst sollten wir uns wiedersehen.

Zwölf

Ganz stolz trug ich am nächsten Tag im Büro das Halsband meines Herrn und Besitzers.

Besonders auch, da ich sonst nie Schmuck um meinen Hals trug. Eine Kollegin, die eher schüchtern und etwas prüde ist, machte mir ein liebes Kompliment für meine neue Kette.

Auch in den nächsten Tagen ging der Blick vieler Kollegen direkt an meinen Hals. Wow, war das ein geiles Gefühl.

Ob irgendjemand etwas ahnte? Wenn ja, sprach er mich nicht an. Was ich natürlich begrüßte.

Direkt mit dem Sinn des Halsbandes wollte ich dann doch nicht konfrontiert werden.

Auch während meines Lauftrainings trug ich den Reif. Ganz stolz zeigte ich ihn meinem Laufkumpel Matis.

Er kannte meine Neigungen und war mit mir schon auf SM-Partys unterwegs. Es stellte sich heraus, dass es unklug war, das Ding am Hals zu tragen und damit Tempoläufe und Lauf-ABC zu absolvieren.

Als ich zu Hause ankam und in den Spiegel schaute, sah ich, was ich zuvor schon gespürt hatte. Das schwere Material war auf meine Schlüsselbeinknochen aufgeschlagen und hatte kleine Hämatome hinterlassen. Okay, beim Sport werde ich das Halsband in Zukunft nicht tragen können.

Einen Tag später, als ich den Halsreif anlegen wollte, stellte ich fest, dass der Inbusschlüssel abgebrochen war.

Verdammt. Wie konnte denn das passieren? Ungläubig starrte ich den Stift an, an dem der Inbusschlüssel einmal festgemacht war. Weg! Einfach weg! Nun ja, dann hatte ich an dem Tag keinen Reif um den Hals.

Ganz unglücklich schaute ich in den Spiegel. Mein Hals wirkte leer, und ich fühlte mich unwohl. Wie gut, dass Wardoran nicht im Haus war. Das wäre mir äußerst unangenehm gewesen, ihm so unter die Augen zu treten.

Dumm war, dass ich am späten Nachmittag noch in den Baumarkt fahren musste, um einen neuen Schlüssel zu kaufen. Zum Glück konnte ich recht unproblematisch meine kleine Tochter bei Nachbarn abgeben und allein in den Baumarkt dackeln. Die Kleine war mit ihren fünf Jahren sehr neugierig. Auf ihre vielen Fragen in Bezug auf meinen Einkauf im Baumarkt hatte ich an dem Abend nicht wirklich Lust.

Einen einzelnen 1,5 er Inbusschlüssel gab es leider nicht zu kaufen. Großartig! Wenn, dann musste es auch gleich komplett dumm laufen. Einen ganzen Satz für sechzehn Euro musste ich erwerben. Für einen Moment war ich in Versuchung, den kleinen 1,5 er Schlüssel zu klauen. Wie schon ein Kunde vor mir. Denn im ersten Schlüsselsatz fehlte genau dieser. Aber nein, natürlich stehle ich nicht. Ganz brav nahm ich den ganzen Satz und bezahlte.

Am nächsten Morgen war ich sehr glücklich, mein Halsband wieder anlegen zu können.

Er war meine Verbindung zu Wardoran und das Zeichen unserer Beziehung, ich war sein Eigentum.

Natürlich hatte ich Wardoran von meinem Missgeschick geschrieben. In seiner ganz eigenen unvergleichlichen und liebevollen Art antwortete er:

Oh, oh, oh …

Ein guter Anlass für eine kleine Geschichte aus Gor. Sklavinnen tragen dort einen Halsreif, auf dem der Name ihres Besitzers zu erkennen ist. Der Halsreif ist natürlich so angebracht, dass er nicht einfach zu entfernen ist.

Wenn eine Sklavin ohne einen Halsreif herumläuft, steht es jedem Mann frei, sie einzufangen und sie zu seiner Sklavin zu machen. Es wäre also durchaus gefährlich für eine Sklavin, keinen Halsreif zu tragen – wer weiß, wer es sein wird, der sie fängt. Also: Nimm dich in acht! ;-)

Freie Frauen tragen in der Öffentlichkeit Schleier. Nun könnte eine Sklavin auf die Idee kommen, ihrer Herrin einen Schleier zu entwenden und so zu tun, als sei sie eine freie Frau. Das Problem ist allerdings, dass in den meisten Orten die freien Frauen durchaus bekannt sind und es auffällt, wenn eine unbekannte erscheint.

Prüfen lässt sich das im Zweifelsfall leicht, weil Sklavinnen auch ein Brandzeichen auf den Oberschenkel bekommen.

Aber tatsächlich wird so etwas schon deshalb nicht passieren, weil es vielen Sklavinnen so geht wie dir: Sie sind durchaus glücklich in der Obhut ihres Herrn. Ich habe bereits erläutert, dass eine Frau erst durch die Unterwerfung unter ihren Herrn zur wirklichen Frau wird. Nur als Sklavin kann und soll sie hemmungslos weiblich sein. Andererseits ist es allerdings auch so, dass die Strafen drakonisch sind, wenn eine Sklavin tatsächlich wegläuft. Das wird sie meist nur einmal versuchen. Und die Wahrscheinlichkeit, wieder gefangen zu werden, ist auf einer gefährlichen Welt wie Gor sehr hoch.

Wenn du tatsächlich Interesse an Gor hast, bietet es sich natürlich an, die Geschichten und Berichte von dort selbst zu lesen. Wenn ich es mir recht überlege, könnte ich das auch zu einer Aufgabe machen. Dazu würde ich dir die Bücher natürlich zur Verfügung stellen. Was mich zögern lässt, ist die Tatsache, dass die literarische Qualität der Bücher sehr mittelmäßig ist.

Jedenfalls finde ich es trotz des unschönen Umstandes positiv, was du ohne meinen Halsreif empfindest, das ist ein gutes Zeichen. Im Übrigen bleibt wohl tatsächlich nur der Baumarkt.

Dreizehn

Das Problem mit dem Halsband trat nicht wieder auf. Der neue Stift lag stets sorgsam verstaut und griffbereit in meinem Portemonnaie. Es waren nur noch wenige Tage bis Weihnachten. Alles blinkte und leuchtete in der Stadt. Überall gab es Weihnachtsmusik und duftende Leckereien. All das nahm ich in diesem Jahr jedoch nicht so recht wahr. Natürlich hatte ich Geschenke zu kaufen und Vorbereitungen; die liefen jedoch mehr mechanisch ab.

Mein Herz und meine Gedanken waren oft bei Wardoran. Zum Glück war ich nicht verliebt, und das sollte auch so bleiben, hatte ich mir vorgenommen. Aber ich musste zugeben, dass er einen Teil meines Lebens, meiner Gefühle und Gedanken durchaus beeinflusste. Valentina und Lipuria verschmolzen immer mehr miteinander. Meine Ehe, mein Leben darin, samt meinem Kind, machten diese Entwicklung nur komplizierter. Dennoch konnte und wollte ich nicht aufhören.

In der Vorweihnachtszeit wurde es bei uns im Büro ruhiger, und ich konnte etwas entspannen. Das Leben zwischen den beiden Welten strengte an.

Eines Morgens bekam ich wieder eine Nachricht von meinem Herrn. Er war unterwegs auf einem Kongress. Ich sollte in »unsere Kammer« gehen und mich dort selbst befriedigen, bis kurz vor den Höhepunkt. Den Orgasmus verbot er mir. Zu gern hätte ich mein Gesicht gesehen, als ich diese Nachricht las. Mir wurde heiß, und ich spürte, wie ich rot anlief. Was dieser Typ alles von mir will, unverschämt, dachte ich spontan. Fünfzehn Minuten später sah meine Gefühlswelt allerdings schon anders aus. Diese freche Herausforderung kickte mich und ich nahm sie an.

Zu einem passenden Zeitpunkt, kurz vor Büroschluss, schlich ich mich in die Kammer. Ich schloss leise ab und machte das Licht aus. Kein einziger Lichtstrahl kam durch die Tür. Es war absolut finster.

Ich zog mich aus und begann mich zwischen den Beinen zu streicheln. In den ersten Minuten konnte ich noch nicht abschalten. Immer wieder unterbrach ich mein Streicheln und hörte auf Geräusche von draußen. Hier im fünften Stock kam jedoch kaum jemand vorbei.

Ich beruhigte mich und versuchte zu entspannen. Meine Finger glitten wieder zwischen meine Beine, ich ließ mich ganz langsam fallen. Step by Step.

Ich horchte nicht mehr nach draußen, die Dunkelheit ließ mich in intensive, geile Fantasien eintauchen. Meine Klit schwoll an, ich atmete tiefer und intensiver. Meine Finger glitten immer schneller und mit starkem Druck über meine Möse. Langsam war ich auf der Schwelle zum Orgasmus.

Beinahe vergaß ich, dass ich aufhören musste, und ich realisierte gleichzeitig, wo ich mich eigentlich befand. Bang! Ich war wieder ganz im Hier und Jetzt. Was in aller Welt machte ich hier? Der Orgasmus war abgewürgt. Gut für mich, als Sklavin. Mein Herr würde stolz auf mich sein. Als »gute« Angestellte hatte ich jedoch versagt. Wenn das jemand wüsste!

Meine Hände tasteten zum Lichtschalter. Das Licht tat in den Augen weh. Nach ein paar Sekunden konnte ich wieder sehen und nahm das Ausmaß meiner Selbstbefriedigung auf dem Boden des Raumes wahr. Wie gewünscht machte ich noch ein Foto meiner Möse, als Beweis für meinen Herrn.

Ich zog mich an und schlich mich aus dem Raum. Dann besorgte ich mir Tücher zum Säubern des Bodens und ging mit ganz weichen Beinen zurück an die Arbeit. Am Abend schrieb ich Wardoran meinen Bericht darüber, was ich in der Kammer getrieben hatte.

Seine Antwort am nächsten Morgen freute mich.

... Deine Aktion in unserer Kammer hat mir sehr gut gefallen, insbesondere auch das Bild deiner geilen Möse danach. Wenn du erregt bist, sieht sie so wunderbar lecker saftig, geschwollen und fickbereit aus, das ist herrlich. Und die Vorstellung, dass deine Möse so nass ist, dass es auf den Boden tropft, ist auch der Hammer. Das werden wir mal wiederholen, wenn wir gemeinsam im Dienst sind. Dann gibst du mir Bescheid, wenn du kurz vor dem Höhepunkt bist. Ich bin sehr gespannt auf den Geruch, der in der Kammer herrschen wird. Ich vermute, er wird mich so geil machen, dass ich dich direkt durchficken muss, aber dafür bist du dann ja mehr als bereit. Dich kurz vor den Höhepunkt zu bringen und dann aufzuhören, wird als Übung öfter vorkommen ...

Vierzehn

Zwei Tage vor Weihnachten kam mein Herr, obwohl er Urlaub hatte, überraschend im Büro vorbei. Es gab ganz dringende Dinge mit dem obersten Boss zu besprechen. Wardoran kündigte sich bei mir im Büro an. Wir hatten uns nun schon einige Tage nicht gesehen, und ich freute mich sehr, ihm noch einmal in die Hände zu fallen. Ganz aufgeregt und feucht zwischen den Beinen wartete ich. Erst am Nachmittag »schlug er auf«.

Nach meiner standesgemäßen Begrüßung meines Herrn durch einen intensiven Handkuss und wildes Geknutsche zog er mich zielstrebig in »unsere Kammer«. Da ich es kaum erwarten konnte, gefickt zu werden, zog ich schnell meinen Rock runter, machte die Beine breit, wartend, mit den Händen an der Wand abgestützt. Allerdings nahm sich Wardoran für den ersten Schritt ganz viel Zeit. Wie in Zeitlupe schob er seinen Schwanz in mich hinein.

Rein ... raus – alles extrem langsam. Ich war, wie sooft, weitaus ungeduldiger. Das half aber nichts. Wardoran war der Boss und damit auch sein Schwanz und nicht meine Möse.

Plötzlich schnappte er mich am Genick und zwang mich auf alle viere, auf den Boden. Zack! Ein Schlag auf meinen Arsch löste alles auf: Kurz und heftig ließen wir dann los und raus, was sich in den letzten Tagen angestaut hatte. Puh, das war geil und verdammt nötig. Wardoran schob mir anschließend ein kleines Weihnachtsgeschenk zwischen die Beine: Liebeskugeln.

»Schön festhalten«, sagte er lächelnd.

Hochrot und leicht verschwitzt verließen wir schmunzelnd das Kämmerlein, in dem derweil die Luft verdammt deutlich nach Sex roch. Wardoran machte sich kurz frisch, um nun ganz munter und motiviert beim »Big Boss« zu erscheinen.

Am Nachmittag ging ich shoppen. Mein Herr hatte mir erlaubt, mir Kleidungsstücke zu kaufen. Die sollte ich ihm am Abend vorführen, und er würde dann entscheiden, welche oder welches er mir schenken würde. Allerdings machte es mir nicht wirklich Spaß. Einkaufen war noch nie mein Fall gewesen, schon gar nicht zur Weihnachtszeit. Trotzdem, sexy Klamotten, noch dazu halb durchsichtig, reizten mich, und es schmeichelte mir, sie geschenkt zu bekommen. Somit ertrug ich den Einkaufsrummel in Vorfreude auf das Tragen der neuen »Errungenschaften«.

Völlig fertig kam ich bei meinem Herrn an. Er hatte seine Kinder zu Besuch und war gerade fertig mit Kochen. Wir mussten in diesem Moment in den »Freunde-Modus« umschalten. Ganz entspannt nahm ich am Tisch Platz und ließ mir die Pasta auftragen. Wir aßen zusammen und plauderten über unverbindliche, kinder-kompatible Themen.

Zwischendurch zeigte ich Wardoran meine Kleidungsstücke. Ich bekam alle genehmigt! Cool. Ich hatte einen liebenswerten und großzügigen Herrn! Dann servierte er mir noch eine letzte Tasse Milch-Kaffee.

Bis zu unserem Wiedersehen Anfang Januar hatte ich nun Kaffeeverbot.

Um dieses Verbot hatte ich selbst gebeten, weil ich glaubte, so besser mit meinem Kaffeekonsum haushalten zu können. Da es absolut keine Chance auf sexuelle oder spielerische »Einheiten« gab, musste ich mich dann bald verabschieden.

Zuvor übergab mir Wardoran mit einem zweideutigen Lächeln eine schwarze, schmale Schachtel, mit der Bemerkung, es wäre ein Weihnachtsgeschenk für mich. Verblüfft öffnete ich sie sofort. Darin lag ein E-Book Reader. Wow!

»Es sind die Bücher von Gor für dich darauf«, sagte er.

Ein tolles Geschenk. Ich war gerührt. Ich beschloss, sie während meiner Weihnachts-Silvester-Reise zu lesen, um die Welt, die er so schätzte, näher kennenzulernen. Statt mit einem Stapel an dicken Schmökern nach Hause zu gehen, bekam ich einen kleinen sexy E-Book-Reader. Völlig perplex und erfreut nahm ich sein Geschenk an. So unauffällig wie möglich wollte ich mich mit einem Handkuss bedanken, fiel ihm jedoch stattdessen spontan um den Hals und sagte strahlend Dankeschön.

Wardoran und ich verblieben so, dass bis zum nächsten Tag noch Nachrichtenaustausch möglich war. Die letzte Nachricht und damit unsere weihnachtliche »Funkstille« würde selbstverständlich er einleiten. Ebenso würde er die Pause, wenn er es für angemessen hielt, auch beenden. So lange hatte ich ungeduldiges Wesen mich eben in der Tugend der Geduld zu üben. Die Verabschiedung ging kurz und knapp über die Bühne. Seine Kinder ließen nichts anderes zu. Jetzt hieß es für mich trotz allem: Weihnachten in Familie genießen, Wardoran etwas aus dem Kopf bekommen und entspannen.

Fünfzehn

Mein Mann, unsere kleine Tochter und ich fuhren am 2. Weihnachtsfeiertag nach Mecklenburg. In einem exquisiten, familiär geführten Hotel mit Kinderbetreuung und Vollpension wollten wir das neue Jahr erwarten.

Alles hier war festlich geschmückt, wohlig angenehm und friedvoll. Mir würde es die Möglichkeit geben, abzuschalten. Ich würde weder putzen, noch kochen oder im Büro arbeiten müssen.

Drei Dinge waren mir in den nächsten sieben Tagen wichtig:

Ich wollte Sport treiben, vor allem laufen, in den Büchern von »Gor« lesen und mir somit ein Bild dieser Welt machen, die Wardoran so faszinierend fand. Mein Sklavin-Tagebuch, das ich sträflich vernachlässigt hatte, wollte ich unbedingt weiterführen, dafür hatte ich extra mein Notebook mitgenommen.

Da mein Herr und ich Funkstille hatten, brauchte ich auch keine Aufgaben abarbeiten.

Zwischen den vier Mahlzeiten im Hotel vertrieb ich mir die Zeit und erlief mir die Gegend. Sport ist gesund und macht sexy. Bei einer Frau meines Alters ist das langsam von Bedeutung. Mit Mitte vierzig nagte der Zahn der Zeit bereits an mir, wenn auch nur mikroskopisch klein. Aber ich sah es!

Mein Herr liebte meinen sportlichen Körper; das sollte auch unbedingt so bleiben. Nichts ist schöner als ein Herr, der ganz verrückt nach seiner Sklavin ist.

Des Weiteren wollte ich es nicht erleben müssen, bei unserem ersten Treffen im neuen Jahr ein Wohlstandbäuchlein vorzuzeigen. Diese Blöße durfte ich mir nicht geben.

Derweil spielte unsere Kleine im Hotelclub, und mein Mann zockte.

An den ersten zwei Nachmittagen, zwischen diversen Stück Kuchen, schrieb ich an meinem Tagebuch.

Alle besonderen Begegnungen mit meinem Herrn sollten festgehalten und so noch einmal für mich verarbeitet werden, da es sich so surreal anfühlte, was wir gemeinsam erlebten. Ich kam gut voran.

Am Nachmittag des 27. Dezember erhielt ich unerwartet eine Nachricht von meinem Herrn, während ich auf meinem Notebook tippte. Er hatte die Weihnachtspause also beendet. Ich hätte schwören können, er würde mich länger schmoren lassen.

Meine geliebte Sklavin,

es war sehr ungewohnt, die letzten Tage nicht mit dir zu kommunizieren. Ich gebe zu, der Kontakt zu dir in Wort und Bild hat mir mehr gefehlt als erwartet. Und das, obwohl ich ausgiebig guten Sex mit meiner Frau hatte. Es hat also sicherlich nicht mit der rein körperlichen Lust zu tun.

Die Beziehung zu dir, meine Sklavin, hat noch eine weitere Ebene, die mit nichts anderem vergleichbar ist.

Du hast recht, dass aus dem Spiel inzwischen deutlich mehr geworden ist.

Deine Ergebenheit, deine Willigkeit, deine Hingabe sind etwas, was mich tief emotional berührt.

Gleichzeitig empfinde ich die Bindung zu meiner Frau so tief wie immer, oder eher noch intensiver.

Ich komme immer mehr zu der Überzeugung, dass man doch mehrere Menschen lieben kann, jeden in anderer Form und auf anderer Ebene, aber nicht minder intensiv – und dass sich die Gefühle gegenseitig eher verstärken. Und natürlich muss ich zugeben, dass dein Körper, den du so gut ‚in Schuss' hältst, und deine leckere, glatt rasierte Möse mich einfach unglaublich geil machen – und die Tatsache, dass mir das alles uneingeschränkt zur Verfügung steht. Daher habe ich einen Auftrag, der in der derzeitigen Situation wahrscheinlich schwierig zu erfüllen ist, aber ich weiß, du wirst dein Bestes geben. Du erinnerst dich vielleicht an eine Situation auf meinem Sofa, als du auf dem Rücken lagst, die Füße aufgestellt und das Becken nach oben gedrückt, sodass ich wunderbar in dich eindringen konnte. Von dieser Position hätte ich gerne ein Foto.

Sie wird Sula-ki genannt und ist eine der Positionen, die wunderbar das Verlangen zum Ausdruck bringen, von deinem Herrn benutzt zu werden. Ich liebe es, wenn du mir deine geile Möse öffnest, zeigst und entgegendrängst.

Ich freue mich wirklich auf unser Wiedersehen. Ich werde es sehr genießen, mich ausgiebig mit dir und an dir zu vergnügen, meine Lustsklavin. Ich habe im Hinblick auf Positionen noch die ultimative Herausforderung für dich. Die meisten können diese Position gar nicht oder zumindest nicht lange halten, aber du bist so fit wie kaum eine andere, also könntest du es durchaus schaffen: der Liebesbogen.

Du beginnst in Nadu und gehst dann mit dem Oberkörper nach hinten, so weit es geht; du kannst dich dabei mit den Armen abstützen. Wenn möglich, sollst du so weit kommen, dass der Kopf den Boden berührt. Das Becken drückst du dabei so weit wie möglich nach oben. Ich schicke im Anschluss Bilder, damit du es dir besser vorstellen kannst. Du probierst das aus und berichtest mir spätestens morgen Abend.

Voller Stolz auf meine gehorsame und willige Sklavin.

Dein Herr Wardoran

Bang!

Da war sie nun hin, meine innere Ruhe. Davon hätte ich wirklich noch etwas mehr haben können.

Verdammt, ich war doch gerade so schön ausgeglichen. Nun war Wardoran wieder mitten drin in meinem Leben!

Sechszehn

Nun gut, jetzt hatte ich wieder Aufgaben zu erfüllen. Vorbei war die Gelegenheit, meine Gefühle für Wardoran zu bändigen. Aber, ganz ehrlich – ich wollte doch gar keine Ruhe. Hummeln im Arsch zu haben war bei mir schon immer Programm. Sogleich ging ich meine Möglichkeiten durch, wann ich denn die Aufgabe mit der Stellung Sula-ki erfüllen könnte. Dafür musste ich allein sein und benötigte Ruhe. Die hatte ich nur, wenn mein Mann samt unserer Tochter längere Zeit außerhalb des Hotelzimmers waren. Der Besuch des Hotelschwimmbades war die Lösung. Am nächsten Tag schickte ich die beiden vor dem Mittagessen zum Planschen. Was nicht so gut in den Zeitplan passte, war, dass mein Mann erwartete, dass ich später dazustieß. Es musste also alles zügig vonstattengehen.

Kaum hatten die beiden das Zimmer verlassen, machte ich mich auch schon frisch ans Werk. Smartphone rausholen und die Selfie-Stange, die ich zu Weihnachten bekommen hatte. Dummerweise funktionierte die Bluetooth-Selbstauslöser-Funktion nicht, was ich jedoch erst in diesem Moment feststellte. Verdammt, wie sollte ich denn jetzt das Foto machen? Panik!

Not macht erfinderisch. Durch die ständigen Versuche, den Selfieauslöser doch noch in Gang zu bekommen, stieß ich unter »Einstellungen« auf die Funktion »Sprachsteuerung«. Fantastisch! Ich versuchte, mit dem Wort »Lächeln«, den Auslöser zu benutzen. Bingo! Es funktionierte. Die Stange benutzte ich trotzdem, um das Handy besser zu fixieren. Leider waren nun schon etliche kostbare Minuten vergangen. Na dann, nicht lange fackeln und in Stellung gehen.

Sula-ki an sich kannte ich bereits. Wichtig war es, alles auf ein Bild zu bekommen. Ich legte mich auf den Boden, stellte meine Beine auseinander und streckte das Becken in die Höhe. Dann sagte ich »Lächeln«, und tatsächlich machte das Smartphone die Bilder. X-mal musste ich die Position korrigieren, immer wieder »Lächeln« sagen und das Bild kontrollieren. Irgendwann klappte es. Alles war perfekt, die Distanz, die Höhe meines Beckens; und mein Gesicht war nicht zu sehen. Das war wichtig, nur bis zum Kinn und nie weiter.

Glücklich und zufrieden bearbeitete ich nun die zwei ausgewählten Bilder und speicherte sie ab. Am nächsten Tag wollte ich Wardoran schreiben und ihm die Bilder zukommen lassen, wie auch den Bericht über alle anderen erfüllten Aufgaben. Nun ab ins Schwimmbad!

Beim Nachmittagstee – Kaffee war ja verboten! – und leckerem Kuchen schrieb ich an meinem Tagebuch weiter. Wardoran sendete ich stets meine Texte zur Korrektur, da ich meine Einträge in der Sklavenzentrale veröffentlichen wollte.

Sex hatte ich in den ganzen Tagen kein einziges Mal, von SM-Handlungen ganz zu schweigen. Wardoran, unser Spiel und der damit verbundene Sex fehlten mir sehr.

Mein Mann fasste mich nicht ein einziges Mal an. Es gab keinerlei Liebenswürdigkeit. Ganz im Gegenteil. Es gab Streit, Missverständnisse und Gefühlskälte.

Ich hatte wiederholt das Bedürfnis davonzulaufen. Aber wohin? Wardoran war in festen Händen und passte als Partner überhaupt nicht zu mir. Er war keine Option.

Ganz allein, von vorn anfangen? Dazu fühlte ich mich nicht in der Lage. Unsere kleine Tochter war das Einzige, das mich bei meinem Mann hielt. Also verschloss ich wieder einmal die Augen vor der Realität und machte mutlos weiter.

Wardoran schrieb am nächsten Tag:

Meine geliebte Lipuria, ich bin zum wiederholten Male schwer von dir beeindruckt. Trotz der ,widrigen Umstände' hast du alle Aufgaben mit Bravour erfüllt. Respekt. Ich bin sehr stolz auf dich! Die Fotos haben mich wieder sehr erfreut, und ich möchte dir kurz beschreiben, warum:

Das Foto mit Stöpsel ist einfach schön wegen der Rundung deines hübschen Popos. Oder sollte ich besser sagen: deines geilen Arsches, der deine leckere Möse so wunderbar umrahmt?

Und der Stöpsel lenkt den Blick genau auf die richtige Stelle.

Das Sula-ki Foto gefällt mir besonders gut, weil man sehr schön sieht, wie knackig und gut trainiert du bist, wie schön fest dein Hintern, wie straff deine Schenkel, wie flach dein Bauch. Wow, du bist einfach umwerfend!

Die Ausführung der Position ist sehr gut, das Becken könnte noch ein klein wenig höher, das bringt deine Möse noch besser zur Geltung.

Und von vorne gesehen bekomme ich einfach nur unheimliche Lust, deine geile Fotze zu ficken, die du mir so schön öffnest und entgegenstreckst.

Dein Tagebuch gefällt mir auch ausgesprochen gut. Es ist nicht bis ins Detail präzise, aber das ist auch gar nicht Sinn und Zweck – es ist ja fiktiv. Aber es bringt die Stimmung sehr gut zum Ausdruck, und es macht Spaß, es zu lesen. Und natürlich freut es mich, dass ich dir so viel Lust bereite. Etliche Tipp-Fehler habe ich allerdings gefunden. Wenn ich richtig gezählt habe, sind es 18 Stück.

Das wird mir die Gelegenheit geben, dir Anfang Januar mal Schläge auf deinen Hintern mit ‚Abzählen‘ zu verpassen, das wollte ich schon lange mal machen.

Ich hoffe, du hast gut geschlafen, wenn du dies liest. Heute hast du dir einen Tag ‚Freizeit‘ verdient, so eifrig, wie du die letzten beiden Tage warst. Erneut voller Stolz.

Dein Herr Wardoran

Siebzehn

Neujahr. Unglücklich und völlig verweint war ich am Silvesterabend, noch vor Mitternacht nach einem Streit mit meinem Mann, ins Bett gegangen. Was nun? Neues Jahr neues Glück? Keine Ahnung.

Ohne klare Vorstellungen, was ich mir für mein neues Jahr wünschen sollte, ging ich zur Tagesordnung über: Mann und Kind. Nach dem gemeinsamen Frühstück zog ich mich zurück und ging spazieren.

Meinem Herrn schrieb ich einen liebevollen Gruß zum neuen Jahr. Noch drei Tage bis Wardoran und ich uns wiedersehen sollten. Meine Vorfreude war unendlich groß. Mein Kopfkino lief bereits auf Hochtouren. Vorsichtig fragte ich bei Wardoran an, was er plante, wann ich da sein sollte, was er für Wünsche hatte. Seine Antwort ließ nicht lange auf sich warten.

Meine geliebte Sklavin Lipuria,

ich danke dir für deinen Gruß zum neuen Jahr und wünsche dir alles erdenklich Gute für dieses spannende Jahr. Mögen manche deiner Träume in Erfüllung gehen, manche deiner Begierden gestillt – oder noch mehr entfacht werden. Mögest du Erfüllung finden in dem, was du tust – und in dem, was mit dir getan wird.

Es wird dringend Zeit, dass wir wieder in direkten Kontakt miteinander kommen, da kann ich viel besser mit dir interagieren und auf dich eingehen.

Die Situation der vergangenen Tage war vor allem für dich extrem schwierig, dessen bin ich mir bewusst; bloß konnte ich daran kaum etwas ändern.

Aber du kannst versichert sein, dass es starke Hände sind, in deren Besitz du bist.

Genaue Instruktionen für Montag folgen – ich arbeite noch an der Choreografie.

Einen Wunsch habe ich noch für dich für das neue Jahr: Geduld!

Dein Herr Wardoran

Mittlerweile waren wir wieder in Berlin angekommen. Der Urlaub war vorbei. Schade. Trotz aller gefühlsbedingten Unannehmlichkeiten waren der Komfort, die Ruhe und die Annehmlichkeiten wie Schwimmbad, Sauna und Massage wundervoll gewesen. Zwischenzeitlich lenkte ich mich bis zum Wiedersehen mit Wardoran mit dem Besuch im Insomnia ab. Ein lieber Freund benötige Begleitung auf einer »Nymphomaninnen Party«. Den Gefallen tat ich ihm. Von Wardoran hatte ich klare Ansagen bekommen für die Party.

Flirten: Ja

Fummeln: Ja

Ficken: Nein

Obwohl ich äußerst selten bei solchen Partys bis zum letzten Punkt gegangen war, ärgerte mich seine Ansage.

Dementsprechend reagierte ich auch. Er schrieb mir zurück, ich solle nicht so garstig sein. Garstig? Mistkerl!

Er saß gemütlich zu Hause bei seiner Frau und konnte vögeln, so viel er wollte. Mein Mann fasste mich nicht an, und jetzt sollte ich auch noch bis zum nächsten Treffen mit ihm brav warten! Noch mal Mistkerl. Ja, natürlich wollte er mich unbenutzt, geil und rattig haben. Ich hätte es als Femdom ja auch so gemacht. Aber auf der kürzeren Seite des Hebels fühlen sich die Dinge nun mal anders an.

Wenigstens hatte ich jetzt meine geliebte Badewanne wieder. In der verschwand ich am Abend vor der Party, badete ausgiebig, rasierte mich und nahm genüsslich meine Finger zwischen die Beine und verpasste mir einen Orgasmus. Wenigstens das hatte mir Wardoran gelassen. Er würde das, verbunden mit einem liebenswürdigen Lächeln, großzügig nennen.

Am frühen Morgen nach der Party, die hot war, bekam ich endlich detaillierte Post von meinem Herrn. Es waren nur noch wenige Stunden bis zu unserem Wiedersehen.

Meine geliebte Sklavin Lipuria,

dein neuer Tagebucheintrag hat mir ausgesprochen gut gefallen. Es macht wirklich Spaß, deine Geschichten zu lesen. Sie sind einfach schön geschrieben, und man hat das Gefühl, die Situationen mit dir mitzuerleben.

Und es freut mich natürlich, dass dein fiktiver Herr in den Schilderungen so gut wegkommt, ich könnte fast neidisch werden. Aber natürlich habe ich etliche Tipp-Fehler gefunden ...

Damit sind es in der Summe jetzt insgesamt 41 – das wird ein Fest. Macht 20 auf jede Pobacke und einen zum krönenden Abschluss auf, ... mal sehen. Ich werde das morgen sehr genießen. Aber erst nach einem entspannten Klavierspiel. Womit ich bei morgen bin, oder inzwischen heute.

Du kommst am frühen Abend zu mir und klingelst unten an der Haustür. Wenn du an meiner Wohnung ankommst, wird die Tür angelehnt sein, sodass du hinein kannst. Dort wirst du dich ausziehen. Dann kniest du dich in Nadu auf den Boden und erwartest die Ankunft deines Herrn.

Bei dieser Gelegenheit eine kleine Nebenbemerkung zur Haltung der Hände in Nadu: Es ist die Ruhe- und Erwartungsposition der Lustsklavin. In der normalen entspannten Haltung sind die Hände mit den Handflächen nach unten locker auf den Oberschenkeln abgelegt. Wenn die Sklavin von sich aus die Hände mit den Handflächen nach oben ablegt, bringt sie damit ihr Verlangen zum Ausdruck, ihrem Herrn zur Verfügung zu stehen und von ihm benutzt zu werden.

Es ist also dir überlassen, wie du die Hände hältst, je nachdem, was du damit ausdrücken möchtest.

Bereits die normale Position Nadu sagt durch die kniende Haltung und das weite Öffnen der Schenkel: ‚Mein Herr, ich bin Eure Sklavin und stehe Euch uneingeschränkt zur Verfügung.‘

Mit nach oben gedrehten Handflächen bringt sie darüber hinaus zum Ausdruck: ‚Mein Herr, Eure Lustsklavin ist sehr geil und wünscht sich sehnlichst, von Euch benutzt zu werden.‘

… nun aber weiter im Kontext: Ich gehe davon aus, dass du weißt, was zu tun ist, wenn ich mich dann vor dich stelle und dich auffordere, mir zu zeigen, wie sehr du deinen Herrn verehrst. Was weiter passiert, davon lass dich überraschen … Auf jeden Fall wirst du deine 40 + 1 Schläge erhalten. Und auf jeden Fall wirst du ausgiebig von mir zu meinem Vergnügen benutzt werden. Ich freue mich schon sehr darauf, den Körper meiner hübschen Sklavin ausgiebig zu genießen, dich zu betrachten, dich sanft und hart anzufassen, dich zu streicheln und zu schlagen und dich gründlich durchzuficken.

Dein Herr Wardoran

Bang!

Mein Kopfkino war angeknipst.

Achtzehn

Den Morgen unseres Wiedersehens, meinen letzten Urlaubstag, verbrachte ich mit meinem Lauffreund Matis. Bei minus zehn Grad liefen wir eine Stunde durch den Volkspark Friedrichshain. Ich selbst hatte diesen Wahnsinn vorgeschlagen. Allerdings wusste ich zu diesem Zeitpunkt noch nicht, dass es so kalt sein würde. Wir sprachen kaum miteinander, um nicht die kalte Luft durch den Mund einatmen zu müssen.

Der Lauf war merkwürdig. Ich fühlte mich extrem schlapp, so lange hatte ich doch mit dem Training gar nicht pausiert! Komisch.

Beim darauffolgenden Frühstück wollte ich gar nicht recht auftauen, mir war kalt. Der Grund stellte sich dann auch bald heraus. Nach meinem Mittagsschläfchen zu Hause merkte ich, da bahnte sich etwas an. Ein Infekt oder Schlimmeres. Vielleicht die Grippe. Mein Ruhepuls war zwanzig Schläge über normal. Verdammt!

Heute war doch ein besonderer Tag, auf den Wardoran und ich so lange gewartet hatten. Das Treffen würde ich auf gar keinen Fall absagen, da könnte die Hölle zufrieren! Mein Herr freute sich auch schon sehr auf mich.

Um die Mittagszeit hatte er mir ein Bild seines großen harten, geilen Schwanzes zugeschickt.

Wir wollten dieses Treffen beide unbedingt. Da konnte kommen, was wollte.

Ich schrieb Wardoran, dass ich unpässlich war, aber auf jeden Fall zu ihm kommen wollte. Wir kamen überein, dass die 40 + 1 Schläge auf meinen Hintern ausfallen würden, die ich eigentlich hatte kassieren sollen für meine unendlich vielen Schreibfehler beim Verfassen meiner Tagebücher. Das war extrem schade, doch unter diesen Umständen das Sinnvollste.

Mein Herr schrieb mir am Nachmittag noch einmal:

... und ich habe bis dahin noch eine kleine Aufgabe für dich: Du streichelst deine süße Möse für mich, sodass sie schön anschwillt, und schickst mir ein Foto von dem erwartungsvoll geöffneten Eingang, in den ich heute genussvoll meinen harten Schwanz versenken werde.

Na dann, ab ins Bad. Schick machen, ein heißes Foto schießen und abschicken.

Der Nachmittag wollte gar nicht vergehen. Trotz meiner Erkrankung freute ich mich riesig auf unser Wiedersehen. Ich hatte Schmetterlinge im Bauch. Eine Tablette gegen Schmerzen und Fieber schmiss ich mir noch ein. Dann, endlich! Es war Zeit für mich, meinen Herrn aufzusuchen. Leider hatte ich immer noch nicht herausgefunden, wie ich ihm zeigen könnte, wie sehr ich ihn verehrte. Hm, mir kam einfach kein Bild in den Kopf. Ich grübelte schon den ganzen Tag, immer wieder mal. Mir fiel nichts ein. Dabei mache ich gern alles genau und richtig. Es ärgerte mich.

Mit Musik auf den Ohren fuhr ich die mir inzwischen vertraute Strecke zu Wardoran. Ich konnte es kaum erwarten. Warum musste sich ausgerechnet heute diese blöde Erkrankung anmelden? Es hätte so geil werden können. Ich war kurz davor, mich gehen zu lassen. Ich redete mir gut zu: So Süße, jetzt mal zusammenreißen. Kopf hoch! Es kann trotzdem wunderschön werden.

An seinem Haus angekommen ging ich noch einmal kurz in mich und drückte den Knopf der Klingel. Er öffnete. Okay, Playtime! Ich ging wie immer die Stufen zur vierten Etage zu Fuß hoch. Als ich um die Ecke bog, sah ich schon, dass seine Tür angelehnt war. Beim Betreten seiner Wohnung kam kurz das Gefühl von »nach Hause kommen« in mir hoch. Alles hier war mir schon so vertraut.

Meine Kleidung legte ich ganz in Ruhe ab, schaute noch einmal in den Spiegel und überprüfte mein Aussehen.

Einen Bestpreis gewann ich heute definitiv nicht mit meinem Spiegelbild. Ich sah schon etwas mitgenommen aus. Trotzdem lächelte ich mich aufmunternd an, warf mir selbst einen Kuss zu. So, Süße. Lass dich fallen. Alles wird gut.

Noch einmal holte ich tief Luft, kniete mich dann auf den Boden und öffnete weit meine Beine.

Meine Handflächen hielt ich nach unten geöffnet, nicht nach oben. Wenige Sekunden später kam Wardoran vollkommen nackt um die Ecke. Ich hielt meinen Kopf gesenkt. Sein Lächeln und seine Freude konnte ich trotzdem wahrnehmen. Er schob mir seinen rechten Fuß entgegen und …

Ja! Jetzt wusste ich wieder, was er wollte! Ich beugte mich tief nach unten, streckte meinen Hintern in die Höhe und küsste die Füße meines Herrn. Ehrlich gesagt empfand ich solche Rituale von außen betrachtet als Femdom immer recht befremdlich. In der Situation selbst bereitete es mir große Freude, mit ganz viel Ruhe und Genuss, die Füße, Waden und Oberschenkel meines Herrn zu küssen.

Rechts unten beginnend, langsam hoch wandernd, kurz über seinen Schwanz huschend, links unten weiterführend, wieder hoch bis kurz vor seinen groß aufgestellten Schwanz.

Er zog mein Gesicht mit beiden Händen zu seinem Schwanz und ließ ihn in meinem Mund verschwinden.

Das mit dem »Deepthroat« hatte ich noch lange nicht raus, also musste ich oft würgen. Übung macht den Meister; bis dahin hatte ich allerdings noch einen langen Weg vor mir.

Wardoran konnte sich nun nicht mehr lange zurückhalten und zog mich in sein Schlafzimmer, das eigentlich nur aus einer riesigen Matratze bestand. Die beiden Wandschränke an den Seiten waren im Grunde unerheblich. Seine, in dem Moment unsere Spielwiese. Er stieß mich nach unten, und ich ließ mich wie immer mit einem Stöhnen fallen. Es war ein Ritual.

Let's play.

Eigentlich wollte mich mein Herr mit einem Klavierspiel erfreuen, das würde wohl ausfallen oder verschoben werden, dachte ich noch, als ich bereits seinen Schwanz in mir spürte. Schade eigentlich … weiter kam ich nicht mit Denken … Ich auf dem Bauch liegend, meine Beine geschlossen, Wardoran kniete auf meinen Oberschenkeln und stieß seinen Schwanz in mich hinein. Brav legte ich meine Arme auf den Rücken, an denen er sich dann festhielt.

Lange und ausgiebig fickte er mich, während ich mir die Seele aus dem Leib stöhnte, von Schmerz und Geilheit getrieben. Wie immer vögelten wir uns durch alle erdenklichen Stellungen, während er mir auf den Hintern schlug, mir den Atem nahm oder meine Brust malträtierte. An diesem Abend versuchte Wardoran etwas Neues. Er legte mich auf den Rücken und schlug mit einem Paddel auf meine Möse. Ganz leicht und zart, dann stärker, mein Gesicht immer genau beobachtend. Ich spürte einen ganz neuen Schmerz, ein leichtes Kribbeln, dann kam die Geilheit, vollkommen unerwartet. Ja! Davon wollte ich mehr. Ich reckte mich meinem Herrn entgegen und bat um mehr Schläge, die er mir auch zuteilwerden ließ. Immer und immer wieder schlug er mit dem Paddel auf mich ein. Mein Unterleib kribbelte, meine Möse brannte, ich schrie vor Lust und kam zum Orgasmus. Wow. Das war neu und es war geil!

Mein Körper sank in sich zusammen, und ich spürte nun auch die kommende Erkältung, oder was auch immer das war. Egal! Noch ging es mir gut genug. Wardoran brachte mir Wasser. Wir kuschelten uns aneinander und ruhten uns aus. Nach einer kleinen Pause und einem Besuch im Bad zog ich mir etwas über. Mir war kühl.

Ganz entspannt setzte mich Wardoran auf einen Stuhl im Wohnzimmer, verband mir die Augen, reichte mir ein Glas Rotwein und nahm an seinem schwarzen Flügel Platz. Nun kam sein kleines privates Klavierspiel für mich.

Ich trank einen Schluck Rotwein. Während ich den Alkohol im Blut spürte, erwärmte sich mein ganzer Körper.

Natürlich war es nicht gut, in diesem Zustand zu trinken, dachte ich bei mir. In diesem Zustand hätte ich aber auch zu Hause bleiben sollen, schmunzelte ich in mich hinein. Egal!

Was zählte, war das Hier und Jetzt! Ich trank gleich noch einen Schluck aus dem Glas, genoss das Gefühl, das der Wein in meinem Körper auslöste, und lauschte der Musik. Es war wundervoll, wieder einmal »River Flows in You« zu hören, wie bei unserem allerersten Treffen. Tatsächlich liefen mir Tränen über die Wangen. Der Moment berührte mich zutiefst.

Nach drei Stücken klassischer Musik kam mein Herr wieder zu mir, nahm mir die Augenbinde ab, küsste mich und legte mich auf seiner roten Couch in Position, um den zweiten Teil unseres Spiels zu beginnen.

Am Ende der Nacht saßen wir auf seiner Matratze und aßen leckere Schokolade. Ich wollte gar nicht recht weg von ihm. So gerne wäre ich mal bei ihm, in seinen Armen, eingeschlafen. Den Gedanken verscheuchte ich jedoch schnell wieder. Solche Sentimentalität war ausgeschlossen.

Wir verabschiedeten uns liebevoll voneinander, und ich machte mich auf den Weg nach Hause. Während der Fahrt spürte ich nun mit voller Macht den kommenden Infekt. In der Nacht überkamen mich Schüttelfrost und später auch leichtes Fieber. Trotzdem war ich glücklich und zufrieden, wie lange nicht mehr.

Neunzehn

Ganze zwei Wochen lag ich flach. Schüttelfrost und die körperliche Schwäche machten mir zu schaffen. Am Anfang kam ich nicht mal bis zum Arzt. Erst nach drei Tagen konnte ich mich aufraffen. Danach sank ich wieder ins Bett oder zumindest auf das Sofa im Wohnzimmer.

Tagelang beschränkte sich der Kontakt zu Wardoran aufs Schreiben. Unser geplantes Treffen in der Woche meiner Erkrankung musste ich vergessen. Zum Glück war ich so krank, dass ich nicht unglücklich darüber war. Aufgaben gab es auch nicht. Wozu auch? Ich konnte sowieso nichts, außer herumliegen. Nach sieben Tagen spürte ich, wie die Lebensgeister allmählich zurück in meinen Körper fanden. Wardoran trieb sich derweil in der gesamten Republik herum. Was uns blieb, war der Austausch von Gedanken und Fantasien.

Da ich über das letzte Spiel mit Wardoran bisher noch nicht hatte resümieren können, holte ich es jetzt nach. Meine Nachricht an ihn wurde sehr lang. Zeit hatte ich ja genug. Ich war immer noch zu Hause und erholte mich. Zuallererst musste ich ihm davon schreiben, wie sich die Schläge auf meine Möse angefühlt hatten, nämlich absolut geil. An diesem Abend, als ich nach Hause fuhr, glühte die Haut zwischen meinen Beinen noch, und es zwirbelte ordentlich.

Dass ich in der Lage war, so etwas zu empfinden, hatte mich überrascht. Niemals im Leben hätte ich geglaubt, zu solchen Empfindungen in der Lage sein zu können. Immer wieder diese kleinen, erst zarten, aus kurzer Entfernung niedergehenden Schläge, die immer stärker und schneller wurden, bis ich explodierte und abspritzte. Zack. Zack. Zack. Zack. Zack. Zack.

Ja! Ich war definitiv auf dem Weg der Besserung. In meinem Körper regte sich etwas.

Nach meiner Genesung besuchte ich Tom. Er wollte eine neue Foto-reihe ins Leben rufen. »Mösen«. Passte ja zu meiner letzten Spielerfah-rung. Ich sollte sein erstes Model sein. Es machte mich sehr stolz. Zudem erfreute es mich, mal wieder aus dem Haus zu kommen, und meinen lieben Freund zu besuchen.

Leider bekam ich keine Nachricht von Wardoran, ob ich mich nun ablichten lassen durfte oder nicht. Somit musste ich diese Entschei-dung wohl allein treffen. Ich sagte Tom zu.

An meinem Tagebuch schrieb ich in den Tagen zu Hause auch weiter. Ich war mittlerweile etwas in Verzug geraten und hatte einiges aufzu-holen. Einen Tag später kam endlich eine Nachricht von Wardoran. Das wurde ja auch Zeit! Ein ganzes Leben würde ich so etwas wie mit Wardoran als Herrn nicht durchhalten. Das ewige Warten machte mich langsam mürbe.

Meine geliebte Sklavin Lipuria,

deine Geduld wurde in der letzten Zeit auf eine harte Probe gestellt. Zunächst war es ja so, dass du erst einmal wieder gesund werden soll-test, aber dann liefen die letzten Tage doch deutlich anders als geplant, was darin gipfelte, dass ich an meinem eigentlich freien Tag, gestern, nachmittags noch einen Vortrag in Hamburg gehalten habe. So wurde meine Sklavin leider von ihrem Herrn mehr, als es gut ist, vernachlässigt. Aber spätestens ab nächster Woche kann ich mich wieder intensiver um dich kümmern. Dass du mir so gerne dienen möchtest, erfreut mein Herz bis ins Tiefste. Leider war ich in den letz-ten Tagen nicht in der Lage, darauf einzugehen und es angemessen zum Ausdruck zu bringen. Es freut mich jedenfalls sehr, dass es dir anscheinend wieder besser geht.

Dass du auf die Schläge auf deine Möse so geil reagiert hast, hat mich sehr gefreut, denn dich gerade an deiner intimsten und empfindlichsten Stelle so ‚behandeln‘ zu können, macht das Gefühl des Besitzens für mich sehr intensiv erlebbar. Und es war ein irres Gefühl, dich danach zu ficken, weil deine Möse viel heißer war als sonst und sich das an meinem Schwanz sehr gut angefühlt hat.

Das hat mich auf die Idee gebracht, dass ich demnächst ausprobieren werde, wie es ist, deine Möse ‚aufzupumpen‘.

Ich liebe den Anblick deiner Möse ja besonders, wenn sie vor Erregung angeschwollen ist. Das muss noch viel eindrucksvoller sein, wenn ich den Effekt mit einer Pumpe verstärke. Und sie wird dadurch empfindlicher.

Die nächsten drei Tagebucheinträge habe ich gelesen. Sie sind wieder schön geschrieben – die Zitate kannte ich natürlich.

Dieses Tagebuch ist für mich von besonderem und unschätzbarem Wert, denn es erlaubt mir, in Zusammenschau damit, wie ich dich erlebe, einen tiefen Einblick in dein Herz. Insofern sehe ich es auch als ein sehr wertvolles Geschenk an mich. Ich hoffe, dass du dich bezüglich der Fotos mit Tom in meinem Sinne entschieden hast und sie hast machen lassen. Ich glaube, du weißt sehr gut, was ich dir erlauben würde und was nicht. Insofern solltest du in Zukunft, falls ich mich nicht zeitgerecht melden kann, das tun, von dem du nach reiflicher Überlegung denkst und fühlst, dass es in meinem Sinne ist.

Natürlich würdest du bestraft, wenn du in deiner Annahme falsch gelegen hast, aber gerade das macht die Situation ja umso reizvoller.

Dein Herr Wardoran

Nach meiner Genesung war natürlich wieder Dienst im Büro angesagt. Leider war Wardoran immer noch on Tour. Warum musste ich mir auch ausgerechnet den Typen als Spielpartner herausfischen, der am wenigsten Zeit für mich hatte? Tja, warum verliebt man sich? Es sind immer das Unterbewusstsein, die Hormone und bei Weitem nicht das Gehirn, das entscheidet, wen wir wollen!

Ich legte jeden Morgen mein Halsband um und trug kein Höschen, auch wenn ich nur einen Rock anhatte. Wenn schon, denn schon. Die Tage zogen sich wie Kaugummi. Wardoran fehlte mir. Wir planten endlich unser nächstes Treffen im DarkSide. Eine dritte männliche Person sollte dabei sein. Ich hatte mir nämlich einen zweiten Spielpartner gewünscht, der Wardoran vertreten sollte. Schließlich war er sooft abwesend, dass ich mir manchmal wie ein liegengelassenes Spielzeug vorkam. Diesbezüglich sollte Abhilfe geschaffen werden.

Zwanzig

Meine liebe Sklavin Lipuria!

Ich freue mich auf unser Wiedersehen heute Abend im DarkSide. Ich denke, unter diesen Umständen wäre das eine gute Gelegenheit, das neue Wolford-Kleid einzuweihen. Es hält dich warm, aber du stehst mir trotzdem im Nu uneingeschränkt zur Verfügung. Falls die Dame am Tresen dich nicht ohnehin erkennt, stellst du dich ihr als Sklavin Lipuria vor.

Dann ziehst du dich komplett aus, legst das an, was sie dir geben wird, und machst dich auf die Suche nach mir. Wenn du mich gefunden und angemessen begrüßt hast, erhältst du dein Kleid. Und dann werden wir sehen, was sich an diesem Abend so alles ergibt. Ich freue mich sehr darauf.

Dein Herr Wardoran

Endlich sollten wir uns wiedersehen. Drei Wochen waren seit unserer letzten Spielnacht ins Land gegangen. Davor waren es drei Wochen gewesen, in denen wir uns nicht gesehen hatten. Ich war total auf Entzug. Da konnten auch die zwei Wochen Grippe nichts dran ändern. In unserer Firma war Wardoran nicht mehr aufgetaucht, bis auf den Tag, an dem wir nun endlich wieder spielen konnten. Wie jedes Mal, ich konnte bereits darauf wetten, bekam ich Bauchkribbeln und leichtes Herzrasen, wenn ich ihm im Büro über den Weg lief. Wegsehen? Hinsehen? Wenn ja, dann wie? Lässig? Hingebungsvoll? Verführerisch?

Ach, keine Ahnung! Ich hatte sowieso keine Kontrolle darüber! Klarer Fall von … na? Ja! Verknalltsein!

Dumme Gans. Blöde Kuh. Warum musste mir das passieren? Ich wusste doch genau, dass dies zu nichts führte. Der Mann war göttlich als Dom, als Mann fürs Leben eher nicht. Trotzdem hatte ich dieses gewisse Gefühl, nicht nur zwischen meinen Beinen, sondern in der linken, oberen Brustseite – meinem Herzen.

Meine Ehe war im Eimer, schon lange. Eine Trennung brachte ich trotzdem immer noch nicht zustande. Wardoran war keine Lösung für dieses Problem. Er war glücklich mit seiner Lebenspartnerin und lebte mit mir seine dominante Rolle aus, die ihm sonst verwehrt blieb. Auch ohne Partnerin wäre er nicht mein Fall. Das interessierte mein Herz allerdings überhaupt nicht. Ich liebte ihn mit all seinen guten und schlechten Seiten. Vor allem liebte ich ihn als meinen Herrn.

Jetzt bloß nicht die Nerven verlieren, dachte ich immer wieder. Wenn ich ihm sage, was ich empfinde, setzt er dem Spiel vielleicht ein Ende. Das wollte ich auf gar keinen Fall. Also ruhig bleiben, soweit es geht, und genießen.

Pünktlich zur vereinbarten Zeit war ich im DarkSide. Ich stellte mich der Dame an der Garderobe vor und erhielt ein kleines rosafarbenes Schächtelchen.

Als ich es öffnete, sah ich Fußkettchen mit Glöckchen. Die sollte ich also anlegen und dann splitterfasernackt in den Räumen des DarkSide nach meinem Herrn suchen. Eine weitere, ebenfalls sehr junge Dame sagt mir noch, wie toll sie diese Idee meines Herrn fand. Nun fingen beide Mädels gleichzeitig zu schwärmen an, wie selten es doch solch tolle, ideenreiche Doms gab.

Ich lächelte natürlich entzückt zurück und dachte so bei mir: Na, hat Wardoran mal wieder seinen ganzen Charme spielen lassen und den Damen den Kopf verdreht mit seiner Art und Weise? Das Szenario stellte ich mir ganz intensiv vor. Charmanter Mistkerl.

Die junge Dame hinter der Garderobe sagte mir noch so streng wie möglich, ohne sich ein Lächeln verkneifen zu können, dass ich ja nicht komplett nackt aus dem Umkleideraum herauskommen solle. Sie würde mich kontrollieren. Klar doch …

Ich verschwand in der Umkleide und kam, nur mit den Glöckchen »bekleidet«, wieder heraus. Natürlich versank ich nicht vor Scham im Boden. Das tat ich schon lange nicht mehr, aber ich fühlte mich auch nicht wirklich sexy. Totale Blöße wird mir wohl immer ein Gräuel bleiben, vor allem, weil ich nicht mehr knackiger und frischer werde.

Ich wollte ein Player sein und tauchte ein, in unser Spiel. Ich ließ mich erst in den falschen Raum schicken. Meine Glöckchen bimmelten ganz schön laut, dafür, dass sie so klein waren.

Ups. Da saß er ja gar nicht.

Na so was. War ja klar. Ich huschte zurück zur Garderobe. Dann schickten mich die Ladys in den Hauptraum geradeaus. Dort sah ich Wardoran auch nicht. Dafür sahen mich andere Menschen vollkommen nackt. Bimmelnd huschte ich nach rechts. Hinter dem großen hängenden Käfig hatte es sich Wardoran gemütlich gemacht.

Er lächelte mich herzlich an. Ich nahm meine Reitgerte, die ich die ganze Zeit in der Hand hatte, zwischen meine Zähne, sank auf die Knie und bewegte mich ganz langsam und auf allen vieren auf meinen Herrn zu.

Die Gerte überreichte ich ihm, küsste ihm seine Hand und anschließend seine Füße. Er streichelte mir über den Kopf und meinen Rücken. Endlich war ich ganz bei ihm.

Nach einigen Sekunden hob ich den Kopf. Wardoran ließ mich aufstehen und mich auf seinen Schoß setzen.

Auf dem Tisch lag das Kleid, das ich heute anziehen durfte, da ich immer noch etwas kränklich war und nicht frieren sollte. Er bemerkte meinen Blick auf das Kleid, lächelte und sagte: »Das Kleid bekommst du gleich. Nachdem du an die Bar gegangen bist und uns Getränke gebracht hast.«

Nice, nice, Mr. Wardoran. Der Mistkerl wusste genau, wie er mich ärgern, aber auch, wie er mich anstacheln konnte. Ich zierte mich noch ein bisschen, biss dann die Zähne zusammen und tippelte mit meinen Glöckchen an den Fesseln und erhobenen Hauptes zur Bar hinüber.

»Ich bin die Königin der Nacht!«, dachte ich, um ja nicht verlegen zu wirken.

Stolz mit beiden Getränken in den Händen zurückkommend wurde ich von Wardoran am Tisch empfangen. Ich bekam mein Kleid, schlüpfte schnell hinein und fühlte mich gleich viel wohler. Jetzt stießen wir an, nippten kurz an unseren Getränken und fielen knutschend übereinander her. Nach einer Weile ließen wir voneinander ab, genossen unsere Getränke und suchten dann einen passenden Spielbereich.

Zuerst fesselt mich Wardoran an ein Holzgestell, ähnlich einem Andreaskreuz. Er wollte herausfinden, wie lange ich mit nach oben gefesselten Händen ausharren konnte, ohne dass sie mir einschliefen.

Wardoran begann in Ruhe, die Seile zu befestigen. Derweil stellte ich mich so bequem wie möglich hin, genoss seine Berührungen und die immer fester werdende Fixierung.

Nachdem ich gut in »Vorlage« gebracht worden war, begann mein Herr damit, meinen Hintern zu bearbeiten. Er schlug mich mit der flachen Hand und brachte so meinen Arsch zum Glühen. Zwischendurch glitten seine Hände zwischen meine Beine, und sein Mund suchte den meinigen. Wir kamen in Fahrt.

Ganze zwanzig Minuten schaffte ich es in dieser Position, mein Hintern war schön heißgespielt und ich geil. Meine Arme waren noch nicht eingeschlafen, aber ein Wechsel tat dennoch gut.

Mein Herr wählte nun auf ein Gestell, das uns neu vorkam. Ich setze mich hinein oder auch darauf. Wardoran fixiert meine weit geöffneten Oberschenkel und meine Hände oberhalb meiner Schultern. Mein Kleid schob er ganz nach oben über meine Brüste, bis ich ganz offen für ihn auf dem Präsentierteller saß.

Endlich war ich ihm ausgeliefert. Von der Seite kam eine fremde männliche Stimme. Wahrscheinlich wollte da jemand mitspielen. Wardoran wimmelte ihn jedoch höflich ab. Dann glitt er mit seiner Hand zwischen meine Beine, dabei küsste er mich intensiv. Soweit es so fixiert möglich war, schob ich ihm mein Becken entgegen, als Signal, dass ich mehr wollte.

Unsere Küsse wurden heftiger, die Bewegungen seiner Hand in meiner Möse auch. Mein Stöhnen ließ nicht lange auf sich warten, das Zucken meines Körpers ebenfalls nicht. Keine Ahnung, ob das Ganze langsam oder schnell vonstattenging, ich war abgedriftet. Was ich noch wusste, war, dass ich das gesamte Gestell zum Wackeln brachte und den Raum im DarkSide zusammenstöhnte, zweimal zum Orgasmus kam und dabei den Boden nass spritze.

Vollkommen aufgelöst wie ich war, befreite mich Wardoran aus meiner Fixierung und nahm mich in den Arm. Mit zittrigen Beinen verschwand ich auf die Toilette und machte mich frisch. Halbwegs vorzeigbar trat ich meinem Herrn wieder unter die Augen. Wir bestellten uns ein Getränk und ruhten uns aus. Eigentlich sollte an dem Abend noch eine dritte Person dazustoßen. Cäsar. Er sollte in Zukunft meinen Herrn vertreten, wenn dieser unterwegs und ich topless war. Wir wollten uns hier treffen, Details besprechen und vielleicht ganz vorsichtig miteinander spielen. Das mit dem Spiel fiel nun schon mal aus. Damit waren wir fertig. Selbst fürs Plaudern wurde es langsam zu spät. Gerade als wir beschlossen hatten, zu Wardoran zu fahren, erschien Cäsar im Raum. Nun gut. Jetzt konnten wir ihn auch nicht stehenlassen. Ich ließ mich neben meinem Herrn auf dem Boden nieder, legte meinen Kopf an seinen Oberschenkel und ließ mich streicheln. Die Herren plauderten ein paar Minuten, dann verband mein Herr mir die Augen und steckte mich in den großen Hängekäfig, um allein mit Cäsar reden zu können.

Im Dunkeln sitzend und die Stimmen von Wardoran, Cäsar und allen anderen im Raum hörend ließ ich mich ein wenig treiben. Ein Gefühl der Schwerelosigkeit kam ich mir auf. Das leichte Schwingen des Käfigs gaukelte mir vor, zu fliegen.

Von der Hintergrundmusik angeregt, begann ich mich im Käfig zu regen. Ich ging auf die Knie, bewegte mich im Takt der Musik und stellte mir vor, ich sei völlig allein im Club. Ich versuchte, die Aufmerksamkeit von Wardoran und Cäsar auf mich zu lenken. Ihre Reaktion ließ nicht lange auf sich warten. Sie kamen an den Käfig heran und berührten mich. Ich kam jeder ihrer Berührungen nach und drückte meinen Körper so dicht wie möglich an die Gitterstäbe. Ein wohlig-warmer Schauer ging durch meinen Körper. Jede Haarspitze auf meiner Haut richtete sich auf, ich wollte jede noch so kleine Faser des jeweils anderen Körpers spüren. Plötzlich stoppte der Käfig. Wardoran holte mich aus dem Käfig heraus.

Die beiden Herren hatten sich verständigt, und fürs Erste war alles geklärt. Wir verabschiedeten uns voneinander, und Wardoran und ich fuhren nach Hause. Nun ja, nach Hause? Natürlich nicht in »unser« Zuhause, wir fuhren zu Wardoran. Dort angekommen begann der zweite Teil unseres Spieles. Mein Herr war im DarkSide nicht auf seine Kosten gekommen. Das holte er jetzt nach.

Er warf mich auf sein Bett, und es begann für uns ein Fest der Sinne!

Einundzwanzig

Am nächsten Morgen sahen Wardoran und ich uns im Büro. Wir schmunzelten uns beide an, wenn wir aneinander vorbeiliefen. Viel Zeit hatten wir natürlich nicht für uns zwei, jeder musste seiner Arbeit nachgehen. Meinen Vorschlag, nach Dienstende nackt unter seinem Schreibtisch zu hocken, um ihm zur Verfügung zu stehen, fand er äußerst verlockend. Leider passte es überhaupt nicht in seinen Zeitplan.

Aber die nächsten Tage würde paradiesisch werden, da wir uns so oft wie nie zuvor sehen konnten.

Morgen, Samstag, würden wir zusammen in die Kleine Nachtrevue gehen, Montag in ein Konzert in der Philharmonie. Am darauffolgenden Samstag käme dann die Krönung, der Besuch im Catonium in Hamburg. Mit Übernachtung. Es standen uns also berauschende Stunden und Tage bevor. Das Ganze war dem Umstand zu verdanken, dass seine Lebensgefährtin auf einer sechswöchigen Dienstreise im Ausland war. Ein paar Tage zuvor hatte er sie zum Flughafen begleitet und verabschiedet.

Wardoran liebte seine Frau. Allerdings liebte er es auch, Frauen zu genießen. Zurzeit hatte ich das Glück, in seiner Nähe sein zu dürfen. Davor war es eine andere Dame aus unserer Firma gewesen. Allerdings war das sehr intensiv und mit Herzblut abgelaufen – auf beiden Seiten. Dieses Privileg hatte ich nicht. Das machte mich manchmal traurig und etwas neidisch.

Wobei ich mich im selben Moment fragte, ob ich wirklich mit solch einem Mann leben wollte, der Frauenherzen im Akkord brach. Ehrlich gesagt, nein. Es war wohl eher der Neid auf seine Gefühle zu dieser Dame aus Abteilung III, seinem Fachgebiet. Sie sah nicht mal attraktiv aus, fand ich jedenfalls. Na ja, es mussten wohl andere Werte gewesen sein, die er zu schätzen wusste. Verdammt! Das ging mich überhaupt nichts an, und es sollte mir auch vollkommen egal sein. Ja, war es auch. Na ja, fast. Schließlich war ich ihm, was »Männer verschlingen« oder zumindest »Kopf verdrehen« anging, durchaus ebenbürtig. Tja, ich war schon immer eine Prinzessin. Ich habe gern alles für mich allein und unter meiner Kontrolle. Das blieb mir bei diesem Mann allerdings stets verwehrt.

Trotzdem ließ ich nicht los. Warum auch? Unser Spiel war einfach zu gut – und ich, was ich mir leider eingestehen musste, schon zu sehr verschossen. Er war mein selbst herauf beschworener Fluch, den ich nicht mehr losbekam. Schließlich hatte ich ihn gebeten, in mein Leben zu treten, nicht umgekehrt.

Samstag. Heute wollten wir zusammen in die Kleine Nachtrevue gehen. Für den Besuch dieses Theaters gab es von meinem Herrn eine klare Ansage in Bezug auf mein Outfit. Meine Wahl fiel auf ein schwarzes, zart durchsichtiges, langärmliges Shirt, das mir bis knapp über den Po ging und meine entblößte Möse um Haaresbreite bedeckte. Dazu schwarze Overknee-Strümpfe und High Heels. Das war alles. Zum Abendessen, in einem chinesischen Restaurant durfte ich noch etwas darunter tragen.

Wie großzügig.

Beim Betreten der Kleinen Nachtrevue fiel dieses Zugeständnis weg, und ich fühlte mich nackt. Die Entertainer der Revue begrüßten uns persönlich und nahmen uns die Garderobe ab. Das Thema des Abends waren die frivolen Zwanzigerjahre. Dementsprechend liefen alle Künstler herum. Wardoran wählte Plätze sehr nah an der Bühne, links in der zweiten Reihe, hinter einer großen breiten Couch.

Er kannte das kleine Theater schon und wusste, was auf uns – oder vielleicht auf mich – zukommen könnte.

Wenn ich Dinge nicht unter Kontrolle habe, fühle ich mich nicht wohl. Somit plagte mich ein kleines Unbehagen. Wardoran war die Freude ins Gesicht geschrieben. Auf die kommenden Stunden freute er sich sehr und strahlte über das ganze Gesicht. Er flüsterte mir noch zu, dass der junge Mann an der Garderobe ein Auge auf mich geworfen hätte. Später sollte ich schon erfahren, warum das von Bedeutung war.

Eine junge, sehr attraktive Dame nahm unsere Getränkebestellung auf. Ich bestellte eine Weinschorle, um mir Mut anzutrinken. Wir ließen uns bequem in die Stühle sinken und genossen unsere Zweisamkeit in Form von intensiven Küssen und Berührungen. Nach einer Weile nahm ich all meinen Mut zusammen und beschloss, auf die Toilette zu gehen. Dieser Gang würde mir sowieso nicht erspart bleiben. Also warum nicht zügig erledigen, was unausweichlich war: vor allen Anwesenden durch den Raum stolzieren und zeigen, was ich hatte, nämlich fast nichts an. Der taillenhohe Schlitz auf beiden Seiten meines schwarzen, durchsichtigen Shirts ließ keinen Zweifel am Nichtvorhandensein eines Slips. Ich nahm allen Mut zusammen und lief los, wie immer mit meinem Blick »Ich bin die Königin der Nacht«.

Als ich zurückkam, sah ich Wardoran, ganz stolz auf seinem Stuhl sitzend, auf mich warten. Wir küssten uns heiß und innig, danach trank ich einen großen Schluck aus meinem Glas, und alles Unbehagen war vergessen. Es war mir nun vollkommen egal, wie ich gekleidet war. Ganz im Gegenteil, ich war mittlerweile entspannt und geil. Von mir aus konnte die Show losgehen – die auf der Bühne und unsere eigene. Und siehe da, der kleine Saal wurde dunkel und die Bühne hell. Showtime.

Nach zwei kurzen Vorführungen kam der attraktiver junger Mann von der Garderobe in Begleitung einer Dame in den Saal und suchte nach einer Person für ein kurzes Intermezzo auf der Bühne.

Freudestrahlend zeigte er mit dem Zeigefinger auf mich. Ah, das meinte Wardoran vorhin. Für eine Sekunde rutschte mein Herz in meine nicht vorhandene Hose. Mehr Zeit hatte ich nicht, denn er kam auf mich zu, ergriff meine Hand und zog mich auf die Bühne. Die ihn begleitende Dame griff sich meinen Herrn. Zu viert standen wir nun auf der Bühne, vor einem am Seil hängenden Apfel. Von diesem sollten wir ohne Hilfe unserer Hände abbeißen. Der Apfel hing sehr tief, wir mussten uns also etwas nach vorne beugen. Eine Sekunde dachte ich daran, dass nun wohl mein blanker Hintern zu sehen sein würde.

Eine weitere Sekunde später war es vergessen. Wir vier stürzten uns genüsslich auf das Obst und bissen beherzt zu. Kurze Zeit später war der Apfel vertilgt, und wir wurden applaudierend von der Bühne entlassen.

Das hatten wir wohl ganz gut über die besagte Bühne gebracht. Gierig nahm ich einen Schluck aus meinem Weinglas, als ich wieder auf meinem Platz saß. Wardoran und ich küssten uns noch einmal intensiv. Dann nahmen wir uns an der Hand und verfolgten gespannt die Show. Ein Mix aus Varieté, Akrobatik und Burleske erquickte uns die ganze Nacht.

Zwischendurch schickte mich Wardoran an die Theke, um die Getränke zu bestellen, was ich zu so fortgeschrittener Stunde absolut entspannt und souverän erledigte. Auch in der Pause, als wieder dieser sexy Typ von der »Apfelperformance«, nur mit einem Strap-on bekleidet, in den Saal kam und die Leute aufforderte, die Brezeln von seinem Schwanz herunterzuholen, meldete ich mich sofort freiwillig.

Ich folgte ihm willig auf allen vieren, streckte also noch einmal meinen Po in die Richtung meines Herrn und knabberte die Brezel vom Schwanz dieses Typen herunter.

Wenn erst einmal alle Hemmungen gefallen sind, ist es ein Genuss, fast unbekleidet auf einer Bühne zu performen, dachte ich bei mir.

Die Show machte nochmals eine Pause, wir beide konnten zu dieser Zeit nicht mehr voneinander lassen. Wardorans Finger landeten immer wieder auf und zwischen meinen Schenkeln. Mein Hals war vom vielen seitlichen Küssen schon ganz verdreht. Den Stuhl hatte ich wohl auch völlig nass getropft, so geil war ich. Es war bereits lange nach Mitternacht, als wir beschlossen, zu Wardoran zu fahren. Unsere Geilheit drängte uns in seine Wohnung, um dort übereinander herzufallen. Wobei korrekterweise gesagt werden muss: er über mich.

In dieser Nacht trieb uns unsere Gier nach Schmerz ziemlich heftig. Wardoran verdrosch mich ordentlich, besonders auf meinen Arsch und meine Möse hatte er es abgesehen. Ich dankte es ihm mit unzähligen Orgasmen. Irgendwann wollte er sich dann nicht mehr zurückhalten und ergoss sich in mir, während ich hilflos auf dem Bauch lag und laut stöhnte. Wir waren beide fix und fertig, aber glücklich und befriedigt.

Nach einem kurzen Besuch im Bad lagen wir in seinem Bett und kuschelten uns vollkommen erschöpft aneinander. Dann passierte es in dieser Nacht, zum allerersten Mal seit Beginn unserer gemeinsamen Zeit: Wardoran schlief ein. Er lag auf dem Rücken und ich seitlich an seiner Brust. Ganz zart begann er zu zucken, zwei-, dreimal. Dann entspannte er sich und begann zu schnarchen. Ich fasste es nicht. So nah war ich Wardoran, meinem Herrn und vorgesetzten Kollegen, noch nie zuvor gewesen. Es war ein faszinierender, wunderschöner Moment, den ich nie vergessen werde. Von der Situation so entzückt ließ ich mich auch fallen, schloss die Augen und schlief ein. Lange geschlummert haben wir nicht. Nur wenige Minuten. Wardoran wachte auf, auch ich war sofort wieder in der Gegenwart. Leider.

»Wir müssen aufstehen. Ich fahre dich nach Hause. Jetzt fährt ja keine Bahn mehr«, sagte Wardoran und rieb sich die Augen. Ich wollte nicht aufstehen. Der Moment war so wundervoll. Aber es gab keine Diskussion. Auch heute am Sonntag, in ein paar Stunden, musste Wardoran wieder ins Büro. Im Gegensatz zu ihm konnte ich halbwegs ausschlafen.

Auf mich wartete zwar nicht das Büro, dafür zu Hause mein Mann und meine kleine Tochter. Langsam, völlig müde, schälten wir uns aus dem Bett und trotteten hinaus in die kalte Nacht. Ende Januar ist es morgens gegen halb vier alles andere als gemütlich. Das Parkhaus und damit das Auto, welches mich nach Hause bringen würde, waren zum Glück nicht weit weg. Gegen vier lag ich dann bei mir zu Hause im Bett.

Der Abend, die Nacht, alles damit Verbundene kam mir surreal vor. So etwas kann man nicht erleben. Das gibt es nur in schlechten Filmen, in ebensolchen Büchern oder in Träumen von unglücklichen Frauen. Ich schlummerte ein und träumte.

Zweiundzwanzig

Montagmorgen: Ich saß an meinem Schreibtisch im Büro, schaute aus dem Fenster und träumte …

Schon wieder? Immer noch! Die Tage und Nächte mit ihm ließen meinen Körper und mein Herz nicht zur Ruhe kommen. Mein Herz raste, mein Bauch kribbelte, meine Beine zitterten, ganz zu schweigen davon, was zwischen meinen Beinen los war.

Das Telefon klingelte und riss mich aus meinem Traum. Willkommen im realen Leben. Ach ja, das gab es ja auch noch. Mein Job war nicht das Problem, der lief gut. Mein privates Leben zu Hause war es. Der Abstand zu meinem Mann wurde immer größer und wurde immer schwieriger zu ertragen. Zu stoppen war er nicht mehr. Ich war nur nicht in der Lage, das Ende aktiv einzuläuten. Irgendetwas hielt mich davon ab. Meine eigene Schwäche, Angst, die Liebe zu meiner Tochter? Wie immer verdrängte ich diese Probleme, denn reden konnte ich mit meinem Mann schon lange nicht mehr.

Freunde von mir, die wussten, was ich tat, sagten, ich würde unbewusst das Ende meiner Beziehung durch meine Affäre herbeiführen. Ja, sicher. Es war wie die Titanic, ich musste einfach untergehen. Es war nur noch eine Frage der Zeit.

An jenem Montag interessierte ich mich allerdings nur für den kommenden Abend mit Wardoran. Wir wollten gemeinsam in die Berliner Philharmonie gehen. Zu diesem Konzert hatte ich meinen Herrn eingeladen. Es war ein Benefiz-Konzert zugunsten des Berliner Stadtschlosses.

Ein neues Kleidungsstück wollte ich zu diesem Anlass tragen, welches ich Wardoran hatte zukommen lassen, mit der Bitte, es zu genehmigen. Dies hatte er auch getan. Dumm nur, dass es noch in seinem Büro lag. Sooft es mir möglich war, lief ich an seiner Tür vorbei. Nie war er anwesend, also schrieb ich ihn an.

Die Stunden vergingen, es war bereits nach Mittag. Montags war mein kurzer Tag im Büro. Ich musste bald gehen. Wie kam ich an mein Shirt heran? Kurz vor Feierabend erhielt ich eine Nachricht. Darin stand, wann und wo wir uns am Abend treffen wollten. Und, dass er aus der Chef-Besprechung vor meinem Dienstende nicht mehr herauskommen würde. Mein Shirt befände sich in einem Karton im Regal. Ich solle es mir bitte holen, sein Büro sei nicht abgeschlossen.

In sein Büro sollte ich gehen? Das war mir äußerst unangenehm. Wenn mich jemand sah? Was sollte ich sagen? »Ich suche nur mein schulterfreies, fast durchsichtiges schwarzes Spitzen-Shirt. Das muss hier irgendwo liegen.«

Ich holte mir Rückendeckung von meiner liebsten Kollegin, Anny. Sie war die leitende Assistentin in seinem Bereich. Wir waren seit Jahren miteinander befreundet, im kollegialen Sinne, nicht privat. Ihr erklärte ich, dass ich ein Päckchen von ihrem Chef an mich aus seinem Büro holen müsse. Das war die Wahrheit. Irgendwie. Ich ließ nur ganz viele Details weg. Anny stellte keine Fragen. Sie lächelte nur.

Sie wusste sicher schon Bescheid über Wardoran und mich, oder zumindest vermutet sie etwas, dachte ich. Anny und ich aßen jeden Tag gemeinsam zu Mittag. Bestimmt hatte ich zu viel von ihrem Vorgesetzten geschwärmt. Sie selbst hatte vor vielen, vielen Jahren in unserer Firma eine heiße Affäre mit einem verheirateten Kollegen gehabt. Jeder wusste damals davon. Sie hat es, glaube ich, verdrängt. Mittlerweile war sie seit knapp zwanzig Jahren glücklich liiert.

Mit ihr zusammen betrat ich nun Wardorans Büro. Im linken Regal rechts außen sollte das Päckchen liegen.

Ich schaute mich um. Ja, dort lag es. Schnell griff ich zu und verließ das Büro. Anny stand an der Tür »Schmiere«. So, geschafft. Ich hatte das Päckchen und trat gerade auf den Flur.

In dem Moment kam mein Herr in den Bürotrakt. Verdammt. Doch schon. Jetzt sah er ja, wie ich mit Anny hier herumstand. Dachte er jetzt vielleicht, ich hatte sie eingeweiht?

»Na so was. Wer ist denn da in meinem Büro?«, witzelte er.

In solchen Situationen wurde ich immer furchtbar unsicher. Ich stammelte irgendetwas, was ihn so sehr interessieren würde wie die letzte Wasserstandsmeldung.

Er sagte nur: »Alles gut.«

Ja. Klar. Schließlich hatte er mich ja gebeten, in sein Büro zu gehen. Ich machte es mir selbst immer viel zu schwer.

Am Abend in der Philharmonie war ich wieder ganz ich selbst. Entspannt, souverän, sexy. Na ja fast. Bis auf die Kleinigkeit, dass ich eine Nachricht bei Threema statt an Wardoran an meinen Mann geschickt hatte. Dumme Sache. Ganz dumme Sache. So etwas war mir noch nie passiert. Zum Glück stand darin etwas Unverfängliches, nämlich wo ich auf ihn warten würde.

Meinem Mann hatte ich auch gesagt, dass ich mit meinem Arbeitskollegen in der Philharmonie wäre, aber mein Mann war unruhig geworden. Der Kollege, dieser »Kniestreichler«, wie er ihn nannte, sei ihm schon lange ein Dorn im Auge. Mein Mann hatte nur ganz kurz und knapp auf meine Entschuldigung reagiert.

Das alles war mir für den Moment unangenehm. Schließlich spielten Wardoran und ich nun schon seit Monaten aktiv. Monate voller Leidenschaft, Monate voller Lügen.

Wardoran ließ auf sich warten. Ich saß mit meinem Glas Wein im Eingangsbereich des Konzerthauses. Unzählige sehr alte Menschen liefen an mir vorbei. Hm, das war heute hier schon sehr speziell. Nun ja, ein Berliner Stadtschloss wurde schließlich nicht durch junge, hippe Mittdreißiger finanziert, sondern durch alte tatterige Greise, die sich vielleicht die Hohenzollern wieder zurückwünschten. Dementsprechend war das Publikum. Für den Moment fühlte ich mich nicht mehr sexy und souverän.

Nach einer Weile erschien Wardoran auf der Treppe. Er sah verdammt sexy aus, als er auf mich zukam: weißes Hemd, schwarze Hose, Brille und sein dunkler Fünf-Tage-Bart. Ich fand ihn unwiderstehlich. Seine hellgrünen Augen funkelten, sein rundes, freundliches Gesicht strahlte mich an. Egal was passiert, es war es wert, mit ihm einen Teil meines Lebens zu verbringen, dachte ich bei mir, während ich auf ihn zuging.

Auf dem Weg zum Konzertsaal ging ich vor Wardoran die Stufen hoch, um den Rock lüften zu können. Ich wollte ihm gern meinen blanken Hintern zeigen. Allerdings waren zu viele Menschen auf den Treppen Richtung Konzertsaal unterwegs, sodass ich nur einmal ganz kurz so halb meinen Rock hochschieben konnte. Auf unseren Sitzplätzen angelangt blieb uns nicht viel Zeit.

Für die Zeit während des Konzertes hatte mir Wardoran die Anweisung gegeben, zu schweigen. Damit ich dies immer vor Augen hatte, schob er mir einen mittelgroßen Schmuckstein in den Mund.

»Nicht verschlucken! Nicht aus dem Mund nehmen, bis ich es dir erlaube!«, sagte er. Dabei lächelte er sanft, zog mit seinem Zeigefinger mein Kinn an sich heran und küsste mich auf den Mund, wobei er ganz vorsichtig seine Zunge zwischen meine Lippen schob. Sogleich begann sich vor lauter Aufregung ein Schwall von Speichel in meinem Mund zu bilden. Jetzt bloß nicht sabbern, dachte ich.

»Braves Mädchen«, hauchte er mir ins Ohr und lehnte sich entspannt in seinen Sitz. Ich für meinen Teil blieb noch etwas verkrampft sitzen.

Der Dirigent betrat den Konzertsaal, das Publikum applaudierte, und sogleich begann das Konzert. Langsam entspannte ich mich. Den Stein musste ich regelmäßig von der einen Seite des Mundes auf die andere schieben, um schlucken zu können. Nach einer Weile hatte ich den Dreh raus und genoss die Musik, trotz dieser besonderen Quälerei meines Herrn.

Er wiederum genoss es außerordentlich, mich zwischendurch zu küssen oder mir seine warmen Hände zwischen die Beine zu schieben und dabei seine Finger in meine Schenkel zu bohren. In beiden Fällen durfte ich auf gar keinen Fall Gefahr laufen, mich zu verschlucken. Das hätte fatale Folgen gehabt.

Das Konzert pausierte, und wir gingen hinaus. Endlich durfte ich den Stein herausnehmen. Das wurde aber auch Zeit. Was für eine Quälerei. Wir tranken genüsslich unsere vorbestellten Drinks und plauderten. Oh, wie schön es doch sein konnte, reden zu dürfen.

Kurz nach dem letzten Klingeln zum Ende der Pause zog mich Wardoran an sich heran und flüsterte mir ins Ohr, dass ich zu folgen hätte. Er nahm meine Hand und ging schnurstracks auf die Herrentoiletten zu. Einen kurzen Moment blieben wir stehen. Ein älterer Herr kam heraus, noch ein weiterer Herr verließ den Waschraum. Wardoran schaute sich kurz um, und mit einem kräftigen Ruck schob er mich in eine Toilettenkabine. Ohne zu zögern, schob er seine Hose runter und mir seinen Schwanz in den Mund.

»Keinen Ton will ich vor dir hören«, flüsterte er und drückte mich gegen die Trennwand. Ich stieß mir währenddessen das Knie und verdrehte mir den rechten Fuß. Aua!

In dem Moment waren Schritte zu hören. Ein Mann erleichterte sich hörbar an einem Pissoir. Mir blieb vor Schreck das Herz stehen. Wenn man uns hier erwischte! Ich würde vor Scham im Erdboden versinken. Wardoran waren solche Momente wohl nicht ganz neu, er ließ sich nicht stören. Er hielt meinen Kopf fest und steckte mir seinen Schwanz tief in den Rachen, sodass ich fast würgen musste. Verdammter Mistkerl!

Es wurde ruhig. Ich kämpfte damit, mich zu entspannen und den Gedanken, entdeckt zu werden, aus meinem Kopf zu verbannen. Wardoran stöhnte ganz leise. Er genoss.

Nach einigen Minuten erlöste er mich. Verdammt aufregend war das schon, wenn es mir auch noch etwas an Coolness fehlte. Schnell schlüpften wir wieder in den Konzertsaal.

Zum Glück saßen wir am Rand und mussten jetzt niemanden von seinem Platz hochjagen. Den Rest des Konzertes genossen wir ganz ohne spielerischen Einsatz.

Einfach nur zuhören und entspannen. Hoffentlich nimmt mein Herr mich noch mit zu sich nach Hause, dachte ich. Ich war ganz feucht zwischen den Beinen und wollte heute Nacht unbedingt noch vernascht werden.

An Zuhause und meinen Mann dachte ich dabei nur kurz. Zurzeit war es besonders furchtbar daheim. Also tat ich alles, was ich konnte, um meine Sorgen und Probleme zu verdrängen. Diese Gedanken ließ ich jedoch nicht lange zu. Ich war im Sog und ließ mich an- und hineinziehen von meinem Herrn.

»Ich glaube, ich muss dich heute Nacht noch ganz hart durchvögeln«, sagte er in diesem Moment und lächelte mich an.

Yes!

»Das hatte ich gehofft«, sagte ich und küsste ihn.

Bei Wardoran angekommen legte ich zügig mein Kleid ab und verschwand kurz im Bad. Als ich hinaustrat, war er schon splitternackt. Ich kniete vor ihm nieder und küsste seinen rechten Fuß, den er mir bereits entgegengeschoben hatte. Für dieses Ritual nahm ich mir viel Zeit. Ihm durch diese Geste meine Unterwerfung zu zeigen, gefiel uns beiden sehr. Ich konnte es kaum erwarten, dass er mich schnappen, aufs Bett werfen und mir den Verstand herausficken würde.

Dreiundzwanzig

Am nächsten Morgen fragte mich mein Mann, ob ich ihn betrügen würde. Er hätte so ein komisches Gefühl. Ich schluckte und sage reflexartig: »Nein.« Warum ich das sagte, wusste ich nicht so recht. Tausend Dinge gingen mir durch den Kopf. Doch erst mal zur Arbeit. Dort grüble ich weiter. Die Frage meines Mannes ging mir nicht aus dem Kopf. Ich rede mit niemandem, nicht mal mit Anny.

Wardoran damit zu belasten war vollkommen sinnlos. Dieses Problem musste ich alleine klären. Den ganzen Tag lief ich mit einem flauen Gefühl im Bauch herum, wie Falschgeld. Ich hielt es nicht mehr aus! Ich musste nach Hause, mit meinem Mann reden! Hoffentlich war er da. Ich hatte Glück. Er saß auf der Couch und schaute einen Film.

Mir war schlecht. Jetzt, nur dieses eine Mal, würde ich noch so nach Hause kommen, als »seine Frau«. Nach diesem Nachmittag nie wieder, das wusste ich. Deshalb war ich hier. Ich musste es ihm sagen. Es musste endlich raus.

Mein Mann drückte mich an sich. Es war mir äußerst unangenehm. Ich begann zu reden, über uns, unsere Beziehung, die seit Jahren nicht gut lief. Mein Gefühl, unglücklich zu sein, und dass ich nicht daran glaubte, jemals wieder glücklich mit ihm zu werden. Es waren unsere Ansichten, unsere Gefühle, Wahrnehmungen, der fehlende Sex, die fehlende Nähe von seiner Seite, eigentlich war es alles.

»Ich kann nicht mehr in dieser Beziehung leben«, sagte ich ihm. Zweimal war ich schon kurz davor, zu gehen. Jedes Mal war ich zu schwach, es umzusetzen. Mich von ihm zu trennen und von unserer Tochter, hatte ich nie übers Herz gebracht. Diesmal musste es sein, das wusste ich und auch, wie. Ich musste ihm sagen, dass ich ihn betrüge. Dann würde er den Schlussstrich ziehen, schließlich hatte er mir genau das jahrelang angedroht.

Einige Sekunden saß ich neben ihm und kämpfte. Dann endlich quälte ich die Worte heraus: »Ich habe ein Verhältnis mit einem anderen Mann.«

Er reagierte im Grunde wie erwartet, nahm sofort Abstand und sagte, dass er Zeit für sich bräuchte. Dann verließ er den Raum. In der Zwischenzeit holte ich unsere Tochter vom Kindergarten ab. Was wird jetzt werden? Ich schwankte immer noch. Es war noch nicht durch, das Thema.

Mein Mann verließ in der kommenden Nacht für immer unser Schlafzimmer. Ich war unendlich traurig und fühlte mich noch nicht befreit. Auch einen Tag später schwebte der Satz »Ich habe ein Verhältnis mit einem anderen Mann« im Raum. Wird er mir doch verzeihen? Würde ich das wollen?

Was ich wusste, war, dass ich Wardoran sehen wollte! Wir hatten seit Wochen geplant, am Wochenende nach Hamburg ins Catonium zu fahren.

Ich rief ihn am nächsten Tag an und erzählte ihm von den Vorkommnissen. Er fragte, ob es nicht besser wäre, auf das Wochenende in Hamburg zu verzichten. »Nein!«, sagte ich sofort.

Dieses Wochenende wollte ich mehr als alles andere. Es würde die einzige Chance für uns sein, so etwas zu unternehmen. Darauf wollte ich nicht verzichten, auf gar keinen Fall. Gut, Wardoran war offensichtlich ganz entspannt. Es sei allein meine Entscheidung. Einen Nachtrag hatte ich am Ende unseres Telefonats noch. Ich sagte ihm, dass er sich keine Sorgen machen müsse, dass ich anfangen könnte zu klammern.

»Schön, das freut mich«, sagte er.

Mein Mann wollte natürlich am nächsten Tag wissen, mit wem ich ihn betrüge und wie lange schon. Warum, fragte er nicht. Was ich mir jedoch von ganzem Herzen gewünscht hätte. Schließlich war ich nicht grundlos in den Armen meines Kollegen gelandet. Ich sagte ihm, was er wissen wollte: seit einigen Monaten, mit einem Kollegen aus dem Büro.

»Ach, der Kniestreichler«, sagte er verbittert. Den hatte er wohl schon immer im Verdacht. Natürlich!

»Ich möchte, dass du weißt, dass diese Beziehung eine SM-Beziehung ist. Maxim gibt mir, was du mir nicht geben kannst, abgesehen von unserer sowieso nicht funktionierenden Ehe. Dieses Spiel berührt mich so tief, dass ich damit auf gar keinen Fall aufhören kann!«, sagte ich ihm einen weiteren Tag später.

Deutlicher ging es nicht mehr. Allerdings war ich immer noch nicht in der Lage zu sagen: »... und deshalb möchte ich, dass du gehst!« Immer noch war ich feige und unfähig, selbst zu handeln. Ich wollte, dass er – mein Mann – diese Entscheidung traf.

Doch erst einmal überließ ich ihn der Grübelei und fuhr nach Hamburg. Wardoran hatte im Catonium ein Zimmer reserviert. Das sollte ich beziehen und dort auf ihn warten.

Nach seiner Ankunft würden wir zusammen auf die Party gehen und uns mit all unseren Sinnen genießen.

Vierundzwanzig

Für den Weg nach Hamburg hatte mir mein Herr einen Auftrag gegeben. Im Zug sollte ich meine Möse schön »anheizen«. Die letzten Tage waren gruselig, die Nächte noch schlimmer. Ich wollte eigentlich nur schlafen. Tja, nix da mit schlafen. Da ich in Sichtweite zur rollstuhlgerechten ICE-Toilette saß, kam mir die Idee, dort ein hübsches Foto zu machen. Das wird ihm gefallen, dachte ich. So kam ich drum herum, im Zugabteil an mir herumspielen zu müssen. Also kurz auf die Toilette, Foto schießen und dann schlafen. Netter Versuch. Vor lauter Aufregung konnte ich natürlich nicht schlafen.

Das Geständnis meinem Mann gegenüber, dass ich ihn betrügen würde, sowie die Tatsache, nun vor dem Aus meiner Ehe zu stehen, hatte Spuren hinterlassen. Trotzdem war ich wie aufgezogen, und diese Schnur schier endlos. Ich lief wie ein Uhrwerk, immer auf Hochtouren.

Mein Fall ins unendliche Dunkel war vollkommen getrennt von der Reise mit Wardoran. Mein persönlicher Zug fuhr seit Monaten, fuhr immer noch auf der Überholspur mit mir an Bord in Richtung … keine Ahnung … der Zug fuhr … mehr brauchte ich nicht.

In Hamburg angekommen stieg ich in die S-Bahn und fuhr nach Stellingen. Es war schon stockduster, schließlich war es Mitten im Winter, und ich verlief mich furchtbar. Und das, obwohl ich vor einiger Zeit schon einmal da war. Für einen Weg von zehn Minuten brauchte ich über eine halbe Stunde oder sogar länger. Ich irrte herum und war dem Heulen nah. Ich sah sogar das Catonium nach einer Weile, wusste aber überhaupt nicht mehr, wie ich damals auf das Gelände gekommen war. Es war dunkel, es war kalt und ich musste aufs Klo. Dieses Industriegebiet raubte mir den letzten Nerv!

»So ein Scheiß, verdammter Mist!«, fluchte ich vor mich hin.

Irgendwann, völlig entnervt kam ich am Catonium an. Als absolute Krönung war keiner vor Ort. Es war nichts zu sehen oder zu hören. Was sollte ich jetzt machen? Ich lief nochmals um das Gebäude herum, um zu schauen, ob nicht doch irgendjemand hier war. Nein, nichts. Ich war kurz davor auszuflippen, was mir allerdings auch nicht viel geholfen hätte. Ich versuchte, jemanden im Catonium per Telefon zu erreichen. Nix. Niemand ging ans Telefon. Mist! Hilfe!

Auf einmal hörte ich ein Auto an das Gebäude heranfahren. Ob das jemand vom Catonium ist, dachte ich hoffnungsvoll. Ich schaute ganz scheu zum Auto hinüber. Hm, sollte ich das Pärchen ansprechen, das gerade ausstieg und sich am Kofferraum zu schaffen machte? Klar, musste ich wohl. Also, nicht so schüchtern, dachte ich.

»Guten Abend«, sagte ich zaghaft. »Ich stehe hier schon eine Weile und möchte ins Catonium, könnt ihr mir vielleicht weiterhelfen? Hier ist keiner.«

»Wir wollen auch da rein«, sagte ein großer, kräftiger, sehr freundlicher Typ, seine Begleiterin lächelte ebenfalls.

Cool, also die wollen hier auch rein! Super! Zusammen sind wir stark! Das wird schon, dachte ich hoffnungsvoll.

Ich beruhigte mich etwas. Tatsächlich sahen wir eine offene Tür, als wir das Gebäude zusammen nochmals umrundeten. Das Pärchen kannte das wohl schon und war ganz ruhig. Das kommt öfter vor, sagten sie. Na toll, dachte ich etwas grummelig. Sehr professionell ist das aber nicht.

Egal. Durch die Hintertür der Küche kamen wir ins Gebäude und wurden in Empfang genommen.

Am Tresen der Bar wurden uns die Zimmerschlüssel überreicht. Alles lief entspannt ab, und ich beruhigte mich. Endlich!

116

Fünfundzwanzig

Nachdem ich meinen Koffer ausgepackt hatte, ging ich unter die Dusche und machte mich für den Abend schick. Danach schmückte ich das Zimmer und das Bett mit Rosenblättern, die ich am Bahnhof in Hamburg gekauft hatte. Natürlich wusste ich nicht, ob es Wardoran zu kitschig und gar zu romantisch angehaucht sein würde, aber mir war einfach danach. Nach Monaten Spiel-Beziehung hatte ich das Bedürfnis, es uns für diese beiden Tage und diese eine Nacht so aufregend und prickelnd wie möglich zu gestalten.

Dass ich erst einige Tage zuvor meinem Mann diese Affäre hatte beichten müssen und dass unsere Ehe vor dem Aus stand, verdrängte ich.

Wardoran war bereits auf dem Weg nach Hamburg. Allerdings hatte sein Zug Verspätung. Er hielt mich stets auf dem Laufenden. Unterdessen versuchte ich ihm, so gut es ging, zu erklären, wie er Zugang zum Catonium bekommen würde und wo sich unser Zimmer befand, schließlich gab es keine Rezeption im Haus. Irgendwann kam die Nachricht, dass er in Stellingen angekommen sei. Super, dann würde er gleich da sein, denn im Gegensatz zu mir würde er sicher nicht stundenlang nach dem richtigen Weg suchen, dachte ich.

Ich kniete nackt auf dem Boden und erwartete meinen Herrn. Dabei schloss ich die Augen, um mich besser auf die kommenden Stunden und Ereignisse einzustimmen. Ob er gleich über mich herfallen wird, wenn er hier angekommen ist, dachte ich und wurde bei diesem Gedanken ganz feucht zwischen den Beinen. Wir hatten uns in letzter Zeit öfter gesehen als gewöhnlich. Das hieß bei uns beiden jedoch nichts. Wir waren immer geil aufeinander. Mich machte der Gedanke jedenfalls extrem an, gleich von ihm genommen zu werden.

Es klopfte an der Tür … es klopfte noch einmal … Hm, wer kann das denn sein, dachte ich. »Hallo«, rief es von draußen.

Scheiße! Wardoran! Klar. Er hatte natürlich keinen Schlüssel! Mist … Verdammt …

»Moment, bitte!«, rief ich, während ich versuchte, so schnell wie möglich die Treppe des Apartments mit meinen eingeschlafenen Beinen herunterzusteigen.

Jetzt ist die ganze Inszenierung futsch, dachte ich leicht enttäuscht, und ich hatte mir solch eine Mühe gegeben. Vorsichtig öffnete ich die Tür.

»Guten Abend. Ich bin es«, sagte Wardoran in seiner einnehmenden, freundlichen Art.

»Einen Moment bitte. Ich lehne die Tür an, zwei Sekunden später tretet Ihr bitte ein, mein Herr«, teilte ich ihm mit.

»Okay«, sagte er etwas verwundert, als ich ihn länger als nötig auf dem kalten, windigen Dach des Hauses stehen ließ.

So schnell wie möglich hastete ich die Treppenstufen hoch und kniete mich wieder mit weit gespreizten Beinen hin, die Hände offen liegend auf den Oberschenkeln. Er betrat das Zimmer. In meinem Bauch kribbelte es, mein Herz raste. Er war da! Was wird er jetzt tun? Wie wird unser Abend, unsere Nacht werden?

Er kam langsam die Treppe hoch und freute sich über die Blumendekoration. Oh, cool! Das war dann jedenfalls nicht umsonst. Ich kniff meine Augen zusammen, um nicht aus Versehen die Augen zu öffnen.

»Oh ja, das gefällt mir«, sagte er und meinte damit ganz offensichtlich nicht nur die Blumen. Er küsste mich, und ich küsste viel zu offensiv zurück. Beim Küssen blieb es. Er setzte sich hin und verfiel in eine Plauderei mit mir. Ich versuchte, meine Enttäuschung darüber zu verbergen.

Nachdem wir alle wichtigen Formalitäten über die Hotelrechnung und wissenswerte Dinge, wie meine verzweifelte Suche nach dem Catonium, ausgetauscht hatten, sortierte Wardoran seine Sachen und wollte unter die Dusche. Zuvor konnte er es aber doch nicht lassen

118

und vernaschte mich, am Waschbecken stehend, während ich ihn dabei verstohlen im Spiegel betrachtete. Wie schön, nun konnte er sich doch nicht mehr beherrschen, dachte ich überglücklich. Es machte mich geil und glücklich, wenn ich meinen Herrn verrückt machte.

Etwas später, frisch zurechtgemacht, wählte Wardoran meine Garderobe für den Abend aus. Meiner Bitte, nicht vollkommen nackt sein zu müssen, kam er zum Glück nach. Mit Nacktheit hatte ich nach wie vor große Probleme. Oh, wie schön, dass ich ein kurzes, schwarzes Kleid anziehen durfte. Dazu High Heels.

»Du siehst darin eher dominant aus. Aber es ist ja nur für kurze Zeit«, sagte er schmunzelnd. Er zog sein Lieblingsoutfit an, einen Spenzer.

Gegen halb zehn betraten wir den großen Saal des Catoniums. Es war leider noch recht leer. Schade. Das große Catonium und so wenig Menschen, das passte nicht recht. Nun ja. Dann erst einmal zur Bar, gemütlich hinsetzen und genießen, hier zu sein. Ich besorgte meinem Herrn noch ein Stück Schokotorte, für mich etwas Salat vom abendlichen Buffet. Nachdem wir uns gestärkt hatten, bummelten wir durch die Räume des Clubs. Die Musik erklang leise, und einige Herrschaften bespielten schon ihre Subs.

Im Obergeschoss wurde eine Sub mit einem Mund-Anal-Dildo durch eine weitere Sub gefickt. Der dazugehörige Dom beaufsichtigte das Szenario genüsslich. Hier gab es eine ordentliche Geräuschkulisse. Leider war das Ganze bald vorbei, und wir mussten weiterziehen, um unseren voyeuristischen Neigungen nachzugehen.

Wir landeten im Rittersaal. Dort wurde laut gespielt und wir schauten eine Weile zu. Wardoran und ich stellten nur fest, dass es auf der Party leider so gut wie keine attraktiven Menschen gab.

Mir gefiel wirklich kein Mann, außer dem DJ. Der war heiß, ganz heiß. An seinem Pult stehend, sah er in seinem Business-Dress aus, so als würde er in einem Nobel-Büro zwischen Meeting und Lunch gern die eine oder andere Frau mit einer Reitgerte disziplinieren. Dabei würde sein perfekt gestyltes Haar auf keinen Fall in Unordnung geraten.

Irgendwann kam, was kommen musste. Mein Herr wollte mich bespielen. Ehrlich? Hier, in dem großen Saal? Hier sehen mich doch alle! Aber natürlich musste es sein, dafür waren wir ja hier.

Wardoran schnallte mich auf einen Bock und fixierte mich. Er band mir noch ein Tuch um die Augen, worum ich gebeten hatte. In den ersten Minuten fühle mich in solch einer Situation immer wie auf einem Silbertablett. Alle sehen und starren mich an, dachte ich. Blödsinn! Natürlich!

Nach ein paar Schlägen auf meinen Arsch und den Fingern meines Herrn in meiner Möse ging mein Fokus von ganz allein nach innen, und ich vergaß alles andere um mich herum. Die fremden Hände eines anderen Mannes an meinem Körper nahm ich allerdings schon wahr. Ich entspannte mich wieder und vertraute auf die Umsicht meines Herrn. Nach einer Weile wurde ich richtig geil. Die Geräuschkulisse aus Schreien, Schlägen und Stöhnen ließ mich einfach abgleiten und Stufe um Stufe tiefer versinken.

Jetzt könnte ich alles mit mir machen lassen, so geil bin ich, dachte ich.

Leider beendete mein Herr sein Spiel mit mir in diesem Moment. Er befreite mich, und wir gingen etwas trinken. Jetzt war ich locker und für jeden Spaß zu haben.

Sechsundzwanzig

Wir gingen wieder zurück in den großen Tanzsaal. Ich holte eine weitere Runde Getränke von der Bar. An Weinschorle sparte ich diesen Abend nicht. Jahrelang hatte ich fast abstinent gelebt, doch seit geraumer Zeit empfand ich es wieder als sehr anregend, mit einem Schwips auf einer Party zu sein.

Zwischendurch musste ich meine Garderobe wechseln. Wardoran hatte entschieden, dass ich den »Hauch von Nichts« tragen sollte. Ein Minikleid, vorne durchsichtig, hinten nur mit Schnüren verziert, welches er mir zum Beginn unserer Spielbeziehung gekauft hatte. Es zog sich ständig hoch, so waren mein Hintern und meine Möse zu sehen. Zu diesem Zeitpunkt störte mich das jedoch nicht im Geringsten, dafür war ich schon viel zu sehr im Rausch des Spiels und dieser Nacht.

Deshalb machte es mir überhaupt nichts aus, als mich mein Herr schnappte und in den Käfig steckte, der oberhalb der Tanzfläche schwebte und mich jeder, der wollte, ausgiebig betrachten konnte. Dort sollte ich mich hinstellen und warten, bis er wiederkam. Ich schloss die Augen und tanzte vorsichtig und langsam zur Musik des DJs, die an diesem Abend ausgesprochen ruhig war. Eigentlich schade, es dürfte schon etwas deftiger sein für meinen Geschmack. Wenn die Musik einheizte, kam ich besser in Stimmung.

Der DJ kam zu mir rüber und machte mir ein Kompliment zu meinem Tanzstil und zu meinem Aussehen, ganz gentlelike. Bingo, genau das wollte ich! Ich kann jeden haben, dachte ich keck.

Den Typen würde ich nicht von der Bettkante stoßen. Ob der auch mehr konnte als Musik auflegen?

Ich stellte mir ein Bild vor, indem er einer perfekt gekleideten Sekretärin den entblößten Hintern verdrosch.

Brav bedankte ich mich für sein Kompliment und begann im selben Moment, an seiner Musik herum zu mäkeln. Zu leise, zu ruhig und überhaupt, langweilig. Dabei flirtete ich ihn an, kam ganz nah an die Gitterstäbe des Käfigs heran. Er schaute mich währenddessen mit festem Blick an. Seine dunkelblauen Augen fixierten mich. Kein einziger Muskel in seinem Gesicht bewegte sich. Ich fühlte mich sicher und fuhr fort, mit meiner Nörgelei an seiner Musik.

Plötzlich packte er mich blitzschnell am Kinn und hielt mich derb fest. Er zog mein Gesicht an die Stäbe heran. Dabei kniff er mir mit seiner anderen Hand heftig in meine rechte Brustwarze.

Aua!

»Mich interessiert deine Meinung zu meiner Musik einen Scheiß!«, flüsterte mir ins Ohr.

Dann schaute er mir in die Augen, immer noch mein Kinn und meine Brustwarze fest im Griff und lächelte herausfordernd. »Na Süße, machst du dir in dein nicht vorhandenes Höschen?«

Tatsächlich raste mein Herz. Obwohl ich mir nicht sicher war, ob vor Schreck oder Geilheit.

Ich versuchte zu nicken und stieß mir dabei den Kopf am Käfig.

Der DJ lachte kurz auf, schob mir seine Zunge in den Mund und ließ mich dann ohne ein weiteres Wort stehen.

Ich schaute ihm verschreckt und zugleich sehnsüchtig nach.

Was bitte war das denn gewesen? Mit flauem Bauchgefühl und leicht wackeligen Beinen hielt ich mich an den Käfigstäben fest.

Von den beiden Herren bespielt zu werden, wäre extrem geil, ging es mir Sekunden später durch den Kopf und ein Szenario baute sich auf.

Immer noch in geilen Fantasien vertieft, stand auf einmal Wardoran vor mir.

»Hast du dir die Zeit gut vertrieben meine kleine Sklavin?«, fragte er mich neugierig und sah dabei schmunzelnd zum DJ hinüber. Ich nickte und versuchte zu lächeln, dabei fuhr ich mir mit den Fingern behutsam über meine geschundene Brustwarze. Mein Tagtraum war noch nicht zu Ende gewesen und ich nicht ganz anwesend.

Wardoran holte mich aus dem Käfig und nahm mich an die Hand. Zusammen gingen wir weiter, die Treppe hinunter, am DJ Pult vorbei. Dabei schaute ich noch einmal zurück. Der DJ ignorierte mich. Ich war enttäuscht.

Mein Herr musste mich regelrecht ziehen; oft genug musste er mich eher zurückhalten, weil ich ständig vor ihm herlief. »Böses Mädchen!«, ermahnte er mich jedes Mal. Ja, verdammt! Ich durfte das nicht! Da kam noch viel zu oft die Femdom in mir durch. Tja, Switchen war manchmal durchaus mit Herausforderungen versehen.

Nach einiger Zeit des Zuschauens landeten wir in einem Raum, der ein wenig abseits lag. Showtime!

Jetzt war ich schon viel lockerer und selbstbewusster. Ich zierte mich nicht. Brav begab ich mich in die Hände meines Herrn. Er spannte mich in eine Bank ein, auf der Arme und Beine separat zu fixieren waren. Es lag sich trotzdem bequem auf dem Bauch. Meine Augen wurden wieder verbunden. Dankeschön, mein Herr!

Es dauerte nicht lange, und zu den Händen meines Herrn gesellten sich eine Menge anderer Hände. Ich verlor mich und damit auch jeden Überblick. Ich fühlte mich wohl und geil zu gleich. Wenn mir ein Typ zu sehr seinen Schwanz in Richtung Mund schob, drehte ich mich einfach weg. Dies wurde akzeptiert und ich blieb entspannt. Die Hände meines Herrn bearbeiteten meinen Hintern und meine Möse. Ich stöhnte diesmal noch intensiver auf. Es war so geil! Die Hände der Männer streichelten mich, ich verlor mich immer weiter im Rausch meiner Geilheit. Einer der Männer hatte sich an mein Kopfende gestellt und massierte mich. Yes! Geil. Weiter, weiter!

Wardoran bespielte meine Möse mit Schlägen und brachte mich x-mal zum Squirten, bis ich leer war. Unzählige Male stöhnte ich auf und schrie: »Oh, mein Gott!«, was mit allgemeiner Heiterkeit der Herren um mich herum aufgenommen wurde. Natürlich war Wardoran nicht mein Gott, aber es passte wie die Faust aufs Auge. Ich kam immer wieder.

Wardoran befreite mich aus der Halterung. Wir küssten uns heiß und innig. Hm, mein Herr wird auch mal zum Schuss kommen wollen. Mal sehen, wie und wo wir das machen werden, überlegte ich.

Nachdem ich mich auf dem Hotelzimmer frisch gemacht hatte, nahmen wir einen kleinen Snack ein und sahen den Anderen beim Tanzen zu. Dabei fummeln und knutschen wir herum. Es war immer noch ruhig im Catonium. Es wurde wenig getanzt, und in den Spiel-räumen lief keine Musik. Das Stöhnen und Schreien der Spielenden konnte die Räume nicht ganz füllen. Schade. Damals als ich hier bei einer »Kunst und Sünde«-Party als goldener Engel Süßigkeiten ver-teilt hatte, war mehr los. Es war ein Fest, jedenfalls hatte ich es so in meinem Kopf abgespeichert. Damals war ich auf dem Höhepunkt meines SM-Lebens. Einige Wochen später hatte ich meinen Ehemann kennengelernt, das war Jahre her und unsere Trennung nun unver-meidlich.

Siebenundzwanzig

Ich wurde auf die Tanzfläche geschickt, um für meinen Herrn zu tanzen. Er setzte sich auf die Couch in meiner Nähe und schaute mir zu. Beim Tanzen schloss ich meine Augen und ließ mich treiben, dabei genoss ich die Blicke meines Herrn auf meinem Körper.

Tanzen ist für mich wie Atmen. Ich brauche es, um zu leben, um zu sein. Es gibt meinen Gefühlen Ausdruck – und heute Nacht war ich glücklich und heiß. Was würde ich dafür geben, häufiger mit Wardoran zusammen sein zu können. Ich öffnete die Augen und schaute zu ihm hinüber. Lächelnd saß er auf der Couch und genoss.

Wie sagte er immer? Ich war ein – ich war sein Leckerbissen.

Festen Schrittes ging ich auf ihn zu und bat darum, mir noch eine Weinschorle bestellen zu dürfen. Er küsste mich, gab mir mit einem festen Klaps auf den Hintern und seine Genehmigung. Gut, dachte ich, jetzt wirst du dir weiter einen Schwips antrinken, Süße, und dann wirst du Wardoran um den Verstand tanzen, und dann ... dann werden wir uns ein Plätzchen suchen und ficken. Ficken bis uns alle Lichter ausgehen.

Ich wollte nicht mehr denken, ich wollte nur noch fühlen und spüren.

Mit meinem Weinschorle ging ich zurück zu Wardoran, stellte mein Glas ab und setzte mich ungefragt mit gespreizten Beinen auf seinen Schoß, nahm sein Gesicht zwischen meine Hände und küsste ihn. Dabei schob ich ihm meine Zunge in den Mund und bewegte rhythmisch mein Becken gegen seinen harten Schwanz, der in seiner Hose schon auf meine Möse wartete. Wardoran und ich stöhnten leise.

Plötzlich stand ich wieder auf und ging tanzen. Es war prickelnd, wenn mein Herr mir die Regie unseres Spiels überließ. Zu gern spielte ich mit der Geilheit von uns beiden. Er wusste genau, wann er wieder am Zug war. Er würde mich von der Tanzfläche zerren und mit mir irgendwohin verschwinden. Darauf wartete ich jetzt, während ich lasziv meine Hüften zur Musik des sexy DJs bewegte. Es dauert nicht lange.

Während ich mit geschlossenen Augen schon fast alles um mich vergessen hatte, spürte ich die Hand von ihm an meinem Nacken. Showtime, dachte ich und schmunzelte in mich hinein.

Wardoran zerrte mich so heftig davon, dass ich auf meinen High Heels kaum hinterherkam. Er suchte alles durch, was zum Ficken in Frage kam. Das Catonium war groß, doch obwohl es in dieser Nacht leer war, fand sich kaum ein freies Separee für uns beide. Viele Leiber waren in diesem Club geil und heiß und gingen ihren Gelüsten nach. Endlich fanden wir einen Raum – und was für einen! Mit einem großen schwarzen Bett und der Möglichkeit, ein Tor zu schließen. So waren wir vollkommen ungestört.

Wardoran schnappte mich und warf mich aufs Bett. Meinen Hauch von Nichts hatte er mir kurz zuvor vom Leib gerissen. Ich wartete brav. Meine Möse pochte vor Geilheit. Wardorans Schwanz war groß und hart.

Ich wurde von meinem Herrn auf den Bauch gedreht. Er schob sofort seinen Schwanz in mich hinein. Auf meinem Arsch sitzend, meine Beine geschlossen, fickte er mich. Er liebte diese Stellung. Dabei hielt er meine Arme, die ich auf dem Rücken verschränkte, mit einer Hand fest, die andere drückte mich tief ins Bett. Ich bekam kaum Luft, was mich extrem geil machte.

Rein, raus, rein, raus ... Der Schwanz meines Herrn fickte mich hart und lange.

Langsam vergaß ich alles um mich herum – das Catonium mit all seinen Insassen und deren Geräusche. Wardoran und ich verschmolzen miteinander.

Mit einem harten Schlag auf meinen Arsch wurde ich zurückgeholt. Ahhhh.

Zack – wieder ein Schlag – ahhhh. Ich schrie auf. Wardoran hielt mir den Mund zu und schlug zu, immer wieder. Mein Arsch glühte, meine Möse pochte. Ich stöhnte laut. Die Schläge hörten auf.

Wieder setzte sich mein Herr auf mich und fickte meine Möse, bis zum Anschlag.

Ich kam innerhalb von wenigen Sekunden. Die Welle des Orgasmus erfasste meinen Körper. Ich schrie laut und zitterte am ganzen Körper. Wardoran fickte weiter. Er hörte nicht auf.

»Komm noch mal für mich! Komm, komm!«, sagte er, während er meinen Rücken noch tiefer in die Matratze drückte, damit ich kaum Luft holen konnte. Seine Schläge auf meinen bereits empfindlichen Arsch kickten mich.

Ja, mehr davon, dachte ich. Die Schläge hörten allerdings auf. Dafür schob mir Wardoran seinen Daumen in mein Arschloch. Ahhhh ... Jaaaa, das ist geil! Eine weitere Orgasmuswelle erfasste meinen Körper.

Ich spürte, wie der Schwanz meines Herrn noch härter wurde und sich pulsierend in mir ergoss.

Nochmals schrie ich laut auf ... dann sackte ich zusammen. Wardoran zog sich vorsichtig aus mir zurück, und wir kuscheln uns aneinander. Plötzlich begann ich heftig an zu weinen.

»Komm her meine Sklavin«, sagte Wardoran liebevoll.

Er kannte meine Heulanfälle, die nach solch heftigen Orgasmen keine Seltenheit waren. Wir lagen noch lange auf dem Bett und wollten gar nicht aufstehen.

Die Geräusche aus dem Catonium waren deutlich zu hören. Ich musste lachen. Mich wird man wohl auch gehört haben.

Irgendwann müssten wir aufstehen, auch wenn es schwerfiel. Hand in Hand gingen wir hoch in unser Zimmer. Das Bett, das ich mit Rosen geschmückt hatte, wartete auf uns.

Innig umschlungen lagen wir zusammen und reden noch über den Abend und uns. Ich schaute meinen Herrn an. Er lächelte sanft, strich mir übers Gesicht und küsste mich.

Dann auf einmal gab es einen Stich in meinem Herzen.

Verdammt, dachte ich. Es war passiert! Ich hatte mich ganz und gar verliebt.

Achtundzwanzig

Ich saß an meinem Schreibtisch im Büro, schaute aus dem Fenster und ging meinen Tagträumen nach. Das Wochenende mit Wardoran in Hamburg spukte noch in meinem Kopf herum. Tja, wenn es doch nur mein Kopf gewesen wäre. Wenn ich an diesen Mann dachte, begann mein Herz zu rasen. Es hatte mich erwischt. Ich war verliebt! An nichts anderes als an ihn konnte ich denken. In Berlin war es grau und nieselig.

Das Telefon klingelte. Ich wurde aus meinem Traum gerissen. Meine Chefin wollte mich sprechen. Okay, Süße. Jetzt versuch wenigstens, dich ein bisschen zu konzentrieren.

»Ich werde nächste Woche auf Dienstreise gehen«, eröffnete mir meine Chefin. Sie sagte mir, dass Maxim sie vertreten würde, und wollte wissen, ob ich zurechtkäme.

Ob ich zurechtkommen werde. Ich? Mit Maxim? Himmelherrgott – ja – nein – keine Ahnung! Mein Herz schlug bis zum Hals. Ich verabschiedete mich von meiner Chefin und ging zurück ins Büro. So gut es ging, versuchte ich, mich auf meine Arbeit zu konzentrieren. Bis kurz vor Mittag gelang es mir auch einigermaßen.

Dann holte ich meine Kollegin Anny zum Essen ab. Dabei musste ich am Büro meines Herrn vorbei. Ich hoffte, einen Blick von ihm zu erhaschen, als ich an seinem Zimmer vorbeiging – Enttäuschung. Er telefonierte und sah mich nicht. Mein Herz pochte trotzdem.

Oh mein Gott, wie sollte das nur weitergehen mit uns? Im Grunde wusste ich die Antwort schon. Es würde alles so bleiben, wie es war. Er liebte seine Frau und würde keine Anstalten machen, mehr zu wollen. Dass ich verliebt war, wusste er nicht. Wahrscheinlich ahnte er es. Der Tag im Büro ging für mich sehnsuchtsvoll zu Ende. Nichts passierte. Wardoran rührte sich nicht. Keine Blicke, keine Nachrichten.

Immer wieder hatten wir diese Cuts: Das Wochenende war vollkommen. Nach der Party im Catonium waren wir Arm in Arm eingeschlafen. Den Sonntag verbrachten wir zusammen beim Brunch. Unsere Gespräche waren sehr intensiv. Zum ersten Mal hatte ich das Gefühl, auch dem Menschen Wardoran und somit Maxim, nah zu sein.

Dann war auf einmal Funkstille. Ich wusste, mein Herr hatte viel um die Ohren. Oft saß er noch stundenlang am PC und arbeitete für die Firma, lange nach dem offiziellen Büroschluss oder war auf Dienstreisen. Und natürlich waren da auch noch seine Frau und seine Kinder. Da war ich der letzte Teil der langen Kette.

Mein Verstand sagte mir ganz klar, dass ich mir diesen Typen aus dem Kopf schlagen musste. Mein Herz und mein Körper sprachen allerdings eine andere Sprache.

Zu Hause angekommen fiel alles in mir zusammen. Ich schloss mich im Bad ein und weinte. Ich hatte es unter Qualen geschafft, meine Tochter vom Kindergarten abzuholen. Sie spielte in ihrem Zimmer. Mein Noch-Ehemann saß in seinem Zimmer und arbeitete. Es war, als ob ich keine Luft mehr bekam. In einer Wohnung mit einem Mann zu leben, den ich nicht mehr liebte, der mir jahrelang nicht gutgetan hatte, eine unschuldige Tochter zu haben, die Aufmerksamkeit und Liebe brauchte, und Liebe für einen Mann zu empfinden, der unerreichbar war – das raubte mir schier den Atem und meine Kraft.

Neunundzwanzig

In den nächsten Tagen umgarnte ich Wardoran mit allen Mitteln, die mir als Frau und Sklavin zur Verfügung standen. Das Wochenende in Hamburg hatte ein noch größeres Feuer der Leidenschaft zwischen uns beiden entfacht. Wardoran konnte nicht genug harten Sex mit mir bekommen. Jede freie Minute nutzten wir beide im Büro aus. Eine Woche war er vertretungsweise mein Chef, und wir hatten alle Freiheiten.

Wie so oft sprudelte ich nur so vor Ideen, wie mich mein Herr bespielen könnte. Die Antwort kam prompt.

Guten Morgen, meine liebe, unglaublich geile Sklavin!

Soso ... Du nimmst meine Ideen immer wieder vorweg, das verursacht mir jedes Mal wieder ein breites Lächeln. Du hast es so gewollt: Zu irgendeiner vollen Stunde des heutigen Tages werde ich ›Jetzt!‹ schreiben, dann hast du zehn Minuten Zeit, um Vollzug zu melden. Du streichelst deine süße Möse nur für mich, sodass sie schön anschwillt und du fast kommst. Zum Höhepunkt zu kommen verbiete ich dir, kleine, geile Sklavin! ... und schick mir ein Foto von dem erwartungsvoll geöffneten Eingang, in den ich heute genussvoll meinen harten Schwanz versenken werde.

Mein Herz raste! Es war der Gedanke an seinen Befehl, das Verbotene. Innerhalb des Büros mich selbst zu ficken. Es machte mich verdammt geil.

Eine Stunde später brummte mein Handy, und ich erhielt eine Nachricht von meinem Herrn:

Jetzt!

Dummerweise saß ich zu diesem Zeitpunkt beim Mittagsessen mit Anny und bekam das alles nicht mit. Versehentlich hatte ich das Handy im Büro gelassen.

Oh, oh, dein Handy ist nicht empfangsbereit, das wird ja gleich ganz schön knapp. Da werde ich mir wohl für heute Abend noch eine Strafe überlegen müssen ...

Als ich zurückkam, sah ich die Nachrichten und schrieb zurück.

Oh mein Gott! Ich war beim Essen und hab das Handy auf meinem Schreibtisch liegen lassen. Es tut mir unendlich leid, mein Herr!

Keine Antwort von ihm. Wardoran war zum Glück äußerst entspannt. Ich würde keine besonderen Konsequenzen zu befürchten haben, dachte ich mir.

Nach kurzer Zeit brummte mein Handy wieder. Wardoran.

Jetzt!

Meine Möse war schon angeschwollen, bevor ich diese Nachricht zu Ende gelesen hatte, da musste ich gar nicht an mir herumspielen. Als brave Sklavin folgte ich dem Wunsch meines Herrn und verschwand hektisch und eher stolpernd als laufend in der Abstellkammer des Büros. Es war Freitagnachmittag, somit durfte ich hier safe sein. Ich schloss hinter mir ab, zog meinen Rock aus, hockte mich breitbeinig hin und spielte an meiner Klit herum.

Dabei dachte ich daran, wie mein Herr heute Abend meinen Arsch versohlen oder wie er mich leer squirten würde. Oh ja, ich wurde feucht und geil!

Bis kurz vor einem Orgasmus bearbeite ich meine Klit. Mein Saft tropfte auf den Boden der Kammer. Ich roch meine eigene Geilheit.

Stop! Ich musste aufhören, sonst kam ich doch noch. Wardoran hatte mir nicht gestattet, zu kommen. Ich beruhige mich und holte tief Luft ... Dann zückte ich mein Handy und machte ein Foto meiner feuchten Möse.

Ich zog mich an und wischte den Boden sauber. In Ruhe schaute ich mich um. War alles in Ordnung? Ja, war es. Beim Verlassen des Raumes musste ich schmunzeln.

Was ich alles freiwillig mache ... Das glaubt mir ja kein Mensch!

An meinem Schreibtisch sitzend sendete ich mein Foto an Wardoran, der vier Etagen tiefer sofort darauf zugriff. Er schrieb umgehend zurück, was extrem selten vorkam.

Hammer! Bis später, meine geile Sklavin.

Ja, ich weiß! Er war verrückt nach meinem Körper und dem Sex mit mir. Aber leider nicht nach mehr. Meine Verliebtheit hatte ich einigermaßen unter Kontrolle. Aber wer wusste schon, wie lange. Ich seufzte tief und schaute aus dem Fenster. Draußen war es dunkel geworden und nass. Der Berliner Winter ist einfach furchtbar, dachte ich bei mir. Gut, dass es heute Abend heiß und geil hergehen würde.

Dreißig

Es ging nicht anders! Ich hatte Wardoran eröffnet, dass ich mich in ihn verschossen hatte. Das Wort »Liebe« benutzte ich bewusst nicht. Mein Leben war ein Karussell, in dem ich saß – ein Karussell, das nicht mehr aufhörte, sich zu drehen. Tagelang wartete ich auf eine Nachricht von ihm. Derweil lief mein normales Leben weiter.

Mein Ehemann wollte nicht aus unserer gemeinsamen Wohnung ausziehen und stattdessen in einer Art WG mit mir leben, damit wir uns beide um unsere Tochter kümmern konnten. Dieser Gedanke machte mir eine unangenehme Gänsehaut. Nie und nimmer wollte ich das. Was aber tun? Ich war im Strudel von Gefühlen versunken: Liebe, Abscheu, Hass, Traurigkeit, Geilheit, Lust, Freude, Trostlosigkeit ...

Nach einer Woche kam endlich eine Nachricht meines Herrn, den ich seit meinem Geständnis weder gesehen noch gesprochen hatte.

Meine Sklavin,

es freut mich sehr, dass du so offen und ehrlich bist. In gewisser Weise ist es natürlich auch ein Kompliment an mich, dass du so empfindest. Und schließlich macht dich das als Sklavin umso begehrenswerter und wertvoller. Denn wenn du selbst vor Leidenschaft fast vergehst, kannst du mir mit umso größerer Leidenschaft dienen.

In der Tat sind allerdings gerade in nächster Zeit etliche Durststrecken zu erwarten, das lässt sich nicht ändern. Es bleibt uns nur, die Zeit, die wir zusammen haben, in vollen Zügen zu genießen.

Ich kann mich sehr glücklich schätzen, denn was kann ein Herr sich mehr wünschen als eine Sklavin, die sich danach sehnt, von ihrem Herrn benutzt zu werden, die sich ihm anbietet, damit er genau das tut. Ich gebe zu, bei diesem Gedanken wird spontan mein Schwanz steif. Ich freue mich auf dich!

Dein Herr Wardoran

Ich schrieb sofort mit zitternden Händen zurück.

Guten Morgen, mein geliebter Herr!

Ja ich weiß, dass es zukünftig zeitlich noch schwieriger für uns beide werden wird. Meine Stärke und somit Schwäche zugleich ist, ‚Dinge‘ mit ganzem Herzen zu machen. Wenn ich Eure Sklavin bin, dann mit Leib und Seele. Zu gern würde ich es entspannter angehen – so wie ‚nice to have‘. Wie sich das für mich entwickelt, werde ich sehen. Ich werde alles geben, um es steuern zu können.

Eure Sklavin Lipuria

Es vergingen wieder zwei Tage unendlichen Wartens ...

Guten Morgen, meine geliebte Sklavin, es erfreut mich außerordentlich, dass du so eifrig bist. Dinge mit ganzem Herzen zu tun, ist die einzig richtige Art, sie zu tun, sonst sollte man darüber nachdenken, sie lieber gar nicht zu tun. Aber es hat natürlich Nebenwirkungen.

Mich jedenfalls macht es sehr glücklich, dass du mit Leib und Seele meine Sklavin bist und sein möchtest. Das ist ein unglaubliches und wunderbares Geschenk. Ich gestehe, das alles macht mich total geil auf dich, und ich werde unbedingt die Zeit finden müssen, dich zwischendurch zu meinem Vergnügen zu benutzen.

Dein Herr Wardoran

Obwohl ich mich unglücklich fühlte, einsam und auf eine gewisse Weise missbraucht, freute ich mich darauf, meinem Herrn heute in die Hände zu fallen. Mein zweites Ich rebellierte derweil.

Was für eine blöde Kuh bist du eigentlich, dachte mein Kopf. Egal, dachte mein Herz, lieber zu wenige Gefühle eines Mannes erhalten als gar keine. Ja genau, meldete sich mein Unterleib. Selten und dafür gut gefickt zu werden, ist doch auch schon was. Wozu Liebe?

Oh, lasst mich doch alle in Ruhe! Mir war klar, so konnte es nicht weitergehen!

Einunddreißig

Zwei Wochen später saß ich im Flughafen und wartete auf mein Boarding. Seit Jahren war ich nicht mehr geflogen und deshalb sehr unsicher. Mein Magen grummelte leicht und gab merkwürdige Töne von sich.

Es ging für mich nach Süddeutschland zu einer Dienstreise. Wardoran würde kurz nach meinem Abflug mit seiner Frau in den Urlaub entschwinden. Dies erschwerte meinen Abschied an diesem Morgen. Während ich wartete, trank ich einen Cappuccino und dachte an ihn, der zu dieser Zeit noch im Bett lag. Ganz leise hatte ich mich aus seiner Wohnung geschlichen. Bevor das Flugzeug abhob, schrieb ich ihm noch einmal:

Heute Morgen war ich noch mal an Eurem Rucksack, nicht wundern. Meinen Vibrator, mein Kleid und mein Tuch habe ich mir herausgenommen. Der Vibrator hat übrigens für Schmunzeln bei der Gepäcküberprüfung gesorgt. Der zuständige junge Mann fragte, was das sei. Ich meinte, ein Vibrator und dass seine Frau sich über einen solchen bestimmt freuen würde. Er sah etwas verwirrt aus. Ich hingegen fand es ziemlich cool, so entspannt reagiert zu haben. Mein liebster Herr, ich bedanke mich für den wunderschönen Abend und die fantastische letzte Nacht mit Euch. Euch wünsche ich spannende Tage im Urlaub! Ich warte geduldig auf die Wiederaufnahme unserer Kommunikation nach Eurem Urlaub. Alles Liebe und Gute für Euch,

Eure Sklavin Lipuria

Mein Flug wurde aufgerufen. Im Flugzeug sitzend erreichte mich eine Nachricht von Wardoran. Mit pochendem Herzen las ich sie.

Meine geliebte Sklavin,

auch mir hat der Abend mit dir wieder viel Freude bereitet. Das Dark-Side ist immer wieder ein Spiel wert. Unsere gemeinsame Nacht danach war einfach wieder der Hammer. Übrigens, die Geschichte mit dem Vibrator ist echt filmreif. Sehr elegant gelöst von dir. Du bist einfach unglaublich lecker. Gute Nacht oder eher guten Morgen.

Dein Herr Wardoran

Ich lehnte mich zurück und träumte mit geschlossenen Augen, während das Flugzeug die Bodenhaftung verlor und dem Himmel entgegen schwebte.

...

Wardoran schlägt mich auf meine Möse ... zack, zack ... zack ... während ich an Armen und Beinen gefesselt bin. Es ist ein brennender Schmerz. Das Paddel saust immer wieder auf meinen Venushügel und direkt auf meine Schamlippen. Ich schreie ... laut, lauter ... und versuche mich loszumachen.

Diese Kombination aus Lust und Schmerz ist kaum zu ertragen. Wardoran und ich benutzen kein Safeword. Bisher war es nie nötig. Ich beiße mir auf die Lippen. Vergeblich! Ahhhh. Es geht nicht, der Schmerz muss doch raus. Wieder schreie ich laut auf ... Ahhhh ....

Monoton klatscht das Paddel zwischen meine Beine.

Auf einmal hört das Klatschen auf. Wardorans Schwanz verschwindet unter Stöhnen in mir. Ich habe das Gefühl, innerlich zu verbrennen. Er fickt mich bis zum Anschlag, immer und immer wieder.

Dann hält er plötzlich inne, beugt sich über mich, lächelt mich an. »Meine geliebte Lipuria – willst du meine Frau werden?«, fragt er mit fremder, verzerrter Stimme.

...

Ich schreckte auf. Mein Herz schlug mir bis zum Hals. Bumm, bumm, bumm. Mist.

Ich hatte geträumt. Verdammt. Dieser Mistkerl treibt mich in den Wahnsinn, dachte ich, sauer über mich selbst. Von meinen Gedanken beschämt kramte ich mein Handy heraus und setzte mir Kopfhörer auf die Ohren. Musik, einfach nur Musik zum Abschalten, um diesen peinlichen Gedanken loszuwerden.

Zweiunddreißig

Meine liebe Lipuria,

jetzt ist es soweit, gleich fliegen wir los. Ich wünsche dir alles Gute für die kommenden drei Wochen. Danach haben wir noch ein paar Tage, bevor ich für drei Monate nach Hamburg gehen werde. Ich werde immer wieder mit Freude an meine hübsche, kleine geile Sklavin denken. Fühl dich von mir fest in den Arm genommen.

Dein Herr Wardoran

Warum falle ich immer wieder auf diese Worte rein, dachte ich.

Nicht dass sie nicht ehrlich wären. Sie waren tatsächlich so gemeint. Aber während er wegflog und an mich dachte, war er glücklich mit seiner Frau im Urlaub. Sie bekam das, was ich haben wollte – ihn.

Aber, ehrlich gesagt belog ich mich immer wieder selbst. Mein Kopf wusste genau, dass ich diesen Typen nicht haben wollte. Er tanzte auf unzähligen Hochzeiten. Hatte nie Zeit. Lebte nicht monogam, und sein Leben ähnelte dem meinigen so gar nicht. Was wollte ich also mit so einem Mann? In wenigen Wochen war er für drei Monate weg. Zum Beginn unserer Beziehung war das die Deadline für unser Spiel gewesen, die wir bereits verlängert hatten.

Während einer Session hatte Wardoran mir mitgeteilt, dass er nicht vorhatte, mich frei zu geben. Er verlangte von mir, dass ich auf ihn warten sollte.

»Wirst du das für deinen Herrn tun, meine kleine geile Sklavin?«, war seine Frage. Dann schlug er mir ins Gesicht. Meine Wange glühte und mein Herz schlug wild vor Freude. Wenn Wardoran mich ins Gesicht schlug, war es diese besondere Mischung aus Schmerz und Lust. Vor Verwirrung starr blieb meine Antwort aus. Der nächste Schlag verfehlte seine Wirkung nicht.

»Ja, mein Herr. Ich warte auf Euch!«, gab ich zur Antwort, hoffend ich könnte ihn so für mich gewinnen. Mein Körper, besonders der mittlere Teil, gierten nach ihm. Ebenso mein Herz.

Tagelang konnte ich mich nicht konzentrieren. Ständig schaute ich nach, ob mein Herr mir nicht doch irgendeine Nachricht geschrieben oder meine gelesen hatte. Viele, zu viele hatte ich geschrieben, obwohl es die klare Ansage gab, dass er als Erster wieder Kontakt zu mir aufnehmen würde.

Ich beschäftige mich neben meinem Job, meinen Kindern und meinem Noch-Ehemann jetzt intensiver als sonst mit Sport. So oft es möglich war, schnürte ich meine Laufschuhe und lief. Ich setzte meine Kopfhörer auf und »fraß« Kilometer. In einigen Wochen war der Berliner Halbmarathon, den wollte ich in neuer persönlicher Bestzeit laufen.

Alles, was ich an Kraft übrig hatte, steckte ich ins Laufen. Wenn es die Möglichkeit gab, legte ich mich nach dem Laufen in Ruhe in die Badewanne, legte meine Zeigefinger auf meine Klit und träumte von meinem Herrn, während ich einen intensiven Orgasmus erlebte.

Hart ging es in meinen Fantasien zu. Männer quälten Frauen und fickten sie. Ob ich eine dieser Frauen sein möchte, fragte ich mich oft. Keine Ahnung ... Meine Bilder im Kopf machten mich geil. Mehr wollte ich nicht.

Während einer Trainingseinheit begegnete ich einem alten Lauffreund. Wir hatten uns lange nicht gesehen. Einige Male liefen wir gemeinsam. Er erzählte mir, dass er mich schon immer toll fand. Mit seiner Frau lief es nicht so gut, sagte er.

Ich verwechselte mal wieder meine Sehnsucht nach erfüllter Liebe mit der Geilheit zweier Menschen. Irgendwann landeten wir knutschend im Hausflur. Wir rissen uns die Klamotten vom Leib und fickten gleich dort auf dem harten Boden.

Danach war alles Gute zwischen uns verschwunden. So schnell wie unser Wiedersehen war, so schnell war es vorbei. Er hatte plötzlich ein schlechtes Gewissen wegen seiner Frau, und ich fühlte mich benutzt, auch von meinem eigenen Körper.

Ich saß noch immer im kalten, dunklen Hausflur, während Mister Marathon längst wieder bei seiner Frau im Wohnzimmer saß. Plötzlich ekelte ich mich vor mir selbst. Was machte ich hier? Warum tat ich das? Wer war ich? Was war ich? Mir wurde klar, es musste sich etwas ändern.

Aufhören. Ich musste damit aufhören! Es war Freitagabend. Montag würde Wardoran wieder zurückkommen.

Dreiunddreißig

Ich verschwand sogleich unter die Dusche. Der Geruch des Typen musste von meinem Körper! Wenn doch nur alles so einfach abzuspülen wäre. Später saß ich im Wohnzimmer, ein Glas Wein in der Hand, und versuchte mich zu sortieren. Dank des Weins und einer Portion Mut schrieb ich Wardoran eine Nachricht und setzte ihn davon in Kenntnis, dass ich ihm etwas Wichtiges mitteilen müsste, wenn er aus dem Urlaub zurückkehrte, und bat ihn, sobald wie möglich, am Montag im Büro vorbeizuschauen. Meine Nachricht sollte unverbindlich, aber klar klingen. Er sollte nichts ahnen.

An meinem Weinglas nippend dachte ich voller Stolz daran, wie es sich anfühlen würde, mit Wardoran am Montag Schluss zu machen ... Yes! Den Typen schieße ich ab!

Wardoran stand lächelnd in der Tür meines Büros.

»Guten Morgen, meine geliebte Sklavin«, sagte er sehr freundlich und hielt mir seine Hand zum Kuss hin. Ich konnte nicht anders, als sie zu küssen. Mistkerl.

»Was möchtest du mir denn sagen?«, fragte er sorgenvoll und umarmte mich. Ich ließ die Umarmung zu und mich sogar in sie hineinfallen. Aber ich besann mich.

Ich löste mich aus Wardorans Umarmung und lief durch das Büro, dabei konnte ich besser denken. Nebenbei brachte ich das Schild, »Besprechung. Bitte nicht stören!«, an der Tür an und schloss sie.

»Ich möchte unsere Spielbeziehung beenden. Gebt mich bitte frei, mein Herr«, platzte ich heraus. »Ich kann das alles nicht mehr, weil ...« Es sprudelte nur so aus mir heraus. Wie angestochen lief ich durch das Zimmer und erzählte wild gestikulierend alles, was mir in den letzten Wochen durch den Kopf ging. Vollkommen außer Atem blieb ich Minuten später heulend vor ihm stehen.

»Komm her«, sagte er liebevoll und drückte mich an sich.

Ich nahm diese Einladung an und schmiegte mich fest an ihn an.

Oh mein Gott, fühlte sich dieser Mann gut an, und er duftet so lecker.

Wardoran flüsterte mir währenddessen ins Ohr: »Ich kann dich nicht freigeben.«

Erschrocken löste ich mich von seiner Schulter und sah ihn ungläubig an.

Er fuhr fort: »In den letzten drei Wochen ist viel passiert. Ich habe mit meiner Frau gesprochen. Sie weiß Bescheid, über alles. Sie hat verstanden, dass ich so bin, wie ich bin, und eingesehen, dass es für uns beide ein Gewinn ist, wenn ich ausleben kann, was ich brauche. Stell dir nur vor, was uns beiden nun für Möglichkeiten offenstehen.«

Was ich hörte, konnte ich nicht glauben. Wieder lief ich durch das Büro, um mich zu sortieren. Wardoran blieb die Ruhe selbst. Mein Herz raste, mein Bauch kribbelte vor Aufregung und Freude. Könnte ich ihm wirklich etwas bedeuten? Es musste ja so sein! Würde er sonst mit seiner Frau gesprochen haben? Konnte ich die Sklavin an seiner Seite sein und mit seiner Frau leben? Mir drehte sich der Kopf.

Wardoran stand immer noch ruhig und gelassen angelehnt am Tisch. Ich schaute zu ihm rüber. Er hatte abgenommen und war leicht gebräunt. Sein Sieben-Tage-Bart war perfekt geschnitten.

Verdammt gut sah er aus.

Heute sollte alles vorbei sein! Endlich wollte ich mich von ihm lösen, weil ich die Sehnsucht nach ihm nicht aushielt und die unerwiderte Liebe. Wenn er jedoch auch etwas für mich empfand und mir mehr Zeit einräumen konnte, würde ich es so gern mit ihm versuchen wollen.

Wie Eis in der Sonne schmolz mein Wunsch, Wardoran zu verlassen, bei dem Gedanken, ihm näher als je zuvor sein zu können.

»Ich bleibe Eure Sklavin«, sagte ich so streng wie nur irgendwie möglich. »Aber ich habe Bedingungen.«

»Das verstehe ich. Wir sollten darüber reden. Am besten, wir treffen uns zu einem Abendessen, was meinst du?«

»Ja, gern«, gab ich freudig, aber immer noch ungläubig zur Antwort.

Wardoran zog mich an sich und küsste mich. Erst zart und liebevoll, dann plötzlich heftig und wild. Beide stöhnten wir auf. Dieser Mann hatte mich einfach in seiner Gewalt, konnte ich noch denken, dann schaltete mein Gehirn ab, und ich ließ mich in seine Umarmung fallen.

»Du hast mir gefehlt. Ich will dich!«, hörte ich ihn in mein Ohr flüstern. »In dreißig Minuten finde ich dich im Archiv vor, nackt, mit den Händen hoch an die Wand gelehnt und mit gespreizten Beinen. Verstanden?«

»Ja, mein Herr«, hauchte ich ihm zu.

»So ist es brav, Miststück«, sagte er, während er mir einen Klaps auf den Arsch gab und aus der Tür verschwand.

Einen Augenblick später war er weg, und ich stand allein im Raum. Stille. Hatte ich gerade meine Seele an den Teufel verkauft? Scheiß drauf!

Zwanzig Minuten wartete ich, ohne auch nur einen Handschlag an Arbeit getan zu haben. Dann ging ich zu Anny und teilte ihr mit, dass ich ab jetzt außer Haus und erst in einer Stunde wieder zurück sein würde. Vollkommen überdreht flitzte ich ins Archiv, zog mich aus und wartete ...

Es war nicht sehr warm hier unten. Nach wenigen Minuten begann ich zu zittern, vor Kälte und vor Aufregung. Wardoran kam nicht. Mein Gehirn begann sich wieder einzuschalten.

Verdammt, was mache ich jetzt? Gehen? Bleiben? Oh, geht das schon wieder los!

Auf diesen Mann war kein Verlass. Ständig musste ich auf ihn warten. Egal unter welchen Umständen.

Meine Geilheit war weg. Meine gute Stimmung somit auch. Ich war enttäuscht. Wieder einmal. Ich war gerade dabei, mich anzuziehen, als das Schloss des Archivs betätigt wurde.

Wie erstarrt blieb ich stehen. Wenn das jetzt nicht Wardoran war ..., dachte ich, und mein Herz schlug mir bis zum Hals.

Er war es, und mir fiel ein Stein vom Herzen.

»Wollte meine Sklavin etwa ohne die Zustimmung ihres Herrn einfach gehen. Tztztz ...«

Keck kam er auf mich zu, blieb jedoch in einem großen Abstand vor mir stehen.

Verschmitzt lächelnd und sich die Hände reibend sagte er: »Lass die Klamotten fallen. Stell dich an die Wand und rühr dich nicht von der Stelle.«

Wieder gingen in meinem Kopf die Lichter der Vernunft aus. Ich ließ meinen Sachen fallen, drehte mich um und stellte mich breitbeinig, mit den Händen an der Wand, vor meinem Herrn auf. Ich konnte nicht anders, ich wurde geil und konnte es kaum erwarten, von meinem Herrn genommen zu werden. Dieser ließ sich Zeit, mich zu betrachten und zu berühren. Sanft streichelte er meinen Rücken und meinen Arsch. Mir fuhr ein Schauer über den Körper.

»So, so, da wolltest du dich also einfach aus dem Staub machen, nur weil ich etwas später erscheine. Ich musste doch noch abklären, wie ich, ohne Argwohn aufkommen zu lassen, aus dem Büro verschwinden kann. Schließlich ist das heute der erste Tag nach meinem Urlaub. Da wollen so viele Leute etwas von mir. Das weißt du doch, meine ungeduldige Sklavin.«

»Entschuldigung mein Herr!«, antworte ich mit tatsächlicher Reue. »Manchmal denke ich nur an mich. Es tut mir leid.«

»Das wird dir auch leidtun, glaub mir«, sagte Wardoran hart und schlug mir auf den Arsch.

»Ahhhh...«, entfuhr es mir.

Er schlug erneut zu. Mein Schreien schien ihm zu laut. Er hob meinen Slip auf und schob ihn mir genüsslich in den Mund.

»Schön festhalten«, sagte er belustigt und schlug auf der anderen Arschbacke weiter zu.

Als mein Arsch heiß geschlagen war, drückte Wardoran meinen Oberkörper ohne Worte runter und versenkte seinen Schwanz in mir. Tief, bis zum Anschlag fickte er mich. Mein Inneres wollte vor Schmerzen und Geilheit explodieren.

Zack, zack, zack ... Immer wieder stieß er zu.

Mein Körper konnte dem Druck fast nicht standhalten. Ich hatte das Gefühl, nach vorn über zu kippen.

»Auf alle viere, Fickstück!«, befahl mir mein Herr.

Ich folgte seinem Befehl und streckte Wardoran auf allen vieren meinen Arsch entgegen.

Ohne Zeitverzögerung verschwand sein Schwanz wieder in meiner Möse, die vor Geilheit tropfte.

»Oh, wie ich es liebe, wenn deine Möse so schön nass ist«, stöhnte er und stieß hart in mich hinein.

Sofort spürte ich den brennenden Schmerz abgeschürfter Haut an meinen Knien.

Das wird ein schmerzvoller Fick, dachte ich und ergab mich in mein »Schicksal«.

Wardoran schien ziemlich unter Druck zu stehen, nach nur wenigen Stößen kam er in mir. Meine Knie rettete das nicht mehr. Sie waren wund und leicht blutig.

»Dreh dich um und leck meinen Schwanz sauber!«, gab mir mein Herr mit einem Schlag auf den Arsch zu verstehen, während er mir den provisorischen Knebel aus dem Mund nahm. Genüsslich leckte ich meinen Herrn sauber.

»Brave Sklavin. Du hast mir wieder viel Freude bereitet. Wir werden noch eine Menge Spaß zusammen haben. Du darfst nur nicht immer so ungeduldig sein«, sagte er lächelnd.

Ungeduldig. Ich glaube, Ihr verwechselt Ungeduld meinerseits mit Langsamkeit euerseits, dachte ich – behielt diesen Gedanken jedoch für mich. Wir beide verließen das Archiv. Wardoran ging in sein Büro, ich in meines.

Allein träumend saß ich am Schreibtisch und schaute aus dem Fenster, mein Bleistift musste dabei zwischen meinen Zähnen Höllenqualen erleiden. Ich dachte an unser »Date« im Archiv. Sofort begann es wieder zwischen meinen Beinen zu kribbeln.

In dem Moment vibrierte mein Handy, und ich wurde aus meinem Tagtraum gerissen ... Eine Nachricht von ihm. Wardoran schlug mir einen Termin für nächste Woche vor. Er freue sich sehr auf unsere gemeinsame geile Zeit, könne nur leider nicht früher.

Termine und Verpflichtungen. Nächste Woche! Puh ... ja, das hatte ich ganz vergessen.

Er hatte so wenig Zeit. Ich dafür hatte wenig Geduld.

Vierunddreißig

Ich saß im DarkSide und wartete auf meinen Sub. Mittlerweile trank ich meinen dritten Prosecco. Das Kribbeln in meinem Bauch war wundervoll, während sich der Alkohol in meinem Körper ausbreitete. Ja, ich hatte einen Sub – neunundzwanzig Jahre jung. Sportlich und am ganzen Körper tätowiert. Ein »geiles Stück« zum Spielen.

Wardoran hatte ich aus dem Bauch heraus die Rote Karte gezeigt. Diese Entscheidung kam selbst für mich überraschend. Er hatte mich nicht gern frei gegeben, meine Entscheidung aber sofort akzeptiert.

Ich lebte mittlerweile endlich von meinem Noch-Ehemann getrennt, in einer Art WG mit meinen zwei erwachsenen Kindern. Meine kleine Tochter wohnte im Wechsel bei mir und ihrem Vater.

Maxim hatte mir beim Umzug geholfen. Dafür war ich ihm sehr dankbar. Mit der unendlichen Sehnsucht nach ihm war ich jedoch nie zurechtgekommen und hatte in einem starken Moment Schluss gemacht. Danach fühlte ich mich erleichtert und glücklich! Leider hielt dieses Gefühl nicht lange an, und um ihn zu vergessen, stürzte ich mich in mein altes Femdom-Dasein. Männliche Subs standen bei mir Schlange. Mir blieb die Qual der Wahl … und die Sehnsucht nach Liebe. Maxim und Wardoran, beide, waren immer noch präsent in meinem Herzen. Die starken Gefühle für ihn hielten an. Wenn er mich wieder haben wollte, würde ich wohl schwach werden.

Während ich auf meinen gerade frisch erworbenen Sub wartete, dachte ich an Wardoran. Hier im DarkSide hatte alles begonnen, und hier hatten wir sehr prickelnde Momente erlebt. Mein Blick schweifte hinüber zum Käfig und ich musste unwillkürlich lächeln.

Mein Sub verspätete sich immer mehr. Toll, das fing ja gut an. So was konnte ich leiden.

Meine Lust, diesen Typen zu verhauen, verging mir fast. Was machte ich hier?

Ich will nach Hause, mich maßlos betrinken und mir anschließend meinen Joystick zwischen die Beine schieben, dachte ich. Das Ding bringt mich garantiert zum Orgasmus und macht keine Faxen. Ich nippte an meinem Prosecco. Männer konnten mich mal!

Zum Flirten mit anderen Männern im Club war mir nicht gerade zumute. Auch Cäsar ließ ich links liegen, der mit einem offenen Lächeln signalisierte, dass er mich gesehen hatte und zu einem Flirt bereit war.

Nein, jetzt nicht noch Cäsar! Ich wollte meine Ruhe. Er ignorierte meinen bösen Blick und schlenderte zu mir herüber.

»Guten Abend, schöne Frau. Wo ist dein Herr?«

»Den habe ich abserviert«, sagte ich forscher als beabsichtigt.

»Oh. Verstehe. Wenn du möchtest …«

Cäsar kam nicht weiter. Ich unterbrach ihn.

»Vergiss es Cäsar. Ich bin jetzt wieder da, wo ich hingehöre. Auf der Femdom-Seite,« sagte ich schmunzelnd und versöhnlich. »Außerdem wird mein Sub jeden Moment auftauchen.«

»Du weißt ja, wo du mich findest. Mach's gut Süße.«

Er hob sein Glas zum Abschied und verschwand im Dunkel des Raumes.

»Mache ich«, murmelte ich vor mich hin und nahm dabei einen Schluck aus meinem Glas.

Somit saß ich wieder allein im DarkSide. Meine Hand wanderte zum Handy. Ich konnte nicht anders. Ich schrieb Wardoran, wo ich war und dass er mir fehlte … Mistkerl! Immer noch beherrschte er mich. Ob er auch an mich dachte? Ich leerte mein Glas und trug mich mit dem Gedanken, nach Hause zu fahren. Eine Femdom ohne Sub taugt nix.

In dem Moment bekam ich eine Nachricht von meinem Sub. Er würde in Kürze eintreffen. Wurde auch Zeit! Ich bestellte an der Bar ein weiteres Glas Prosecco und bildete mir ein, Herrin der derzeitigen Lage zu sein. Ich wollte es mir gutgehen lassen. Wenigstens diese Nacht. So einen Leckerbissen wie dieses männliche Tattoo-Modell sollte ich mir nicht entgehen lassen. Abschießen konnte ich den Typen immer noch. Heute Abend würde ich ihn erst mal verhauen.

Nach dem Eintreffen meines Subs nahm ich mir Zeit und zeigte ihm in Ruhe die Lokation. Schließlich war dieses Stück Frischfleisch neu in der SM-Szene und noch nie hier gewesen. Nach einem weiteren Drink an der Bar schnappte ich ihn mir, schleppte ihn in die hinterste Kammer, befahl ihm, sich am Gyn-Stuhl festzuhalten und keinen Mucks zu machen, geschweige denn sich zu rühren. Jetzt sollte er büßen.

Jeden meiner Schläge musste mein Toy-Boy mitzählen. Ein Schlag für jede verspätete Minute und Extra-Schläge zu meiner Erbauung ... 20, 21, 22, 23, 24, 25 ... Zwischendurch ließ ich meine Hände über seinen sexy Körper gleiten.

Weiter ging es ... 26, 27, 28 ... bis 50 genoss ich jeden einzelnen Schlag. Endlich konnte ich wieder selbst zuschlagen! Mich derart zu verausgaben hatte mir gefehlt. Bis ich den Weg zurück auf die Seite der Femdoms gefunden hatte, war eine lange Zeit vergangen.

Mr. Tattoo gab keinen Mucks von sich. Brav, aber langweilig. Ich stand darauf, wenn meine Subs stöhnten. Der mir leicht zu Kopf gestiegene Alkohol zeigte Wirkung. Eine wunderschöne, glitzernde Aura bildete sich um mich. Meine Welt wurde für einen Augenblick glänzend und geil. Meine Hand griff frech in den Nacken meines Spielzeugs und zog ihn hoch.

»Komm her, Mistkerl!«, sagte ich so streng wie möglich und zog ihn an mich. Wir küssten uns. Es war ein Genuss, von einem so jungen Mann berührt zu werden.

Seine Muskeln fühlten sich angenehm an. Er war warm und weich. Sein Schwanz hart. Gut so!

Schneller als von mir selbst erwartet lag ich rücklings auf dem Gyn-Stuhl und ließ mich lecken. Ich wollte mich fallenlassen. Ja, leck mich, du geiles Spielzeug. Schön langsam. Dabei schaute ich genau hin und genoss, was ich sah. Mein Kopf drehte sich.

Immer wieder erschienen Bilder, die ich nicht in meinem Kopf haben wollte, und versuchte sie zu verscheuchen. Was sich zwischen meinen Beinen abspielte, sollte die Bilder verschwinden lassen, mich ablenken, mich geil und für einen Moment glücklich machen.

Als das nicht gelang, ließ ich meinen Sub seinen Schwanz herausholen und mich ficken, hart und tief. Ich will! Ich will, ich will!

Mein Kopf brummte. Der Prosecco machte Luftsprünge in meinem Körper, die Welt um mich herum drehte sich.

Ich schloss meine Augen und gab mich den Stößen meines Subs hin. Ohne nennenswerte Laute kam er in mir. Er zog sich zügig zurück, streifte das Kondom ab und kleidete sich an. Ich fühlte mich unwohl und verließ ohne Worte die Kammer. Meinen Toy-Boy ignorierte ich.

Etwas wackelig auf den Beinen suchte ich die Toilette auf. Auf dem Klo sitzend fing ich an zu weinen. Was für ein Mist war das hier. Einen kalter Spritzer Wasser musste genügen, um etwas klarer zu denken. So, was nun? Ich hatte den Typen einfach da stehen lassen. Das ging gar nicht. Jetzt reiß dich zusammen und sei nett. Und dann ab nach Hause, sagte ich zu mir selbst, während ich mich im Spiegel der dunklen Damentoilette anschaute.

Als ich zurückkam, saß mein Sub bereits an der Bar und trank sein alkoholfreies Bier.

Sollte ich auch tun, dachte ich, bestellte mir aber einen weiteren Prosecco. Der Wievielte war das heute eigentlich? Keine Ahnung. Egal. Der Abend war sowieso hinüber. Während wir an der Bar saßen und unsere Drinks hinunterkippten, wussten wir beide, dass es keine Fortsetzung geben würde. Es fühlte sich trotz aller körperlichen Reize einfach nicht gut an mit uns beiden. Dabei hatte unsere Spielbeziehung durchaus hoffnungsvoll begonnen – spontan, von Sympathie getragen, faszinierend, sexy … nun war alles verpufft.

Bang … aus …!

Ich wollte nur noch nach Hause. Mr. Tattoo auch. Er bestellte uns ein Taxi, und wir verließen zügig den Club. Als ich dabei an Cäsar vorbeilief, sah er mich glücklicherweise nicht und ich ließ ihn ohne einen Gruß zurück. Den Kragen meiner Jacke hochgeschlagen und mit eingezogenen Schultern lief ich an der Hand meines Begleiters über die Pflastersteine zum Taxi.

Es war kühl in dieser Spätsommernacht.

Zu Hause lag ich im Bett und weinte bitterlich. Ich hatte Sehnsucht nach Liebe, nach Zuwendung und Geborgenheit. Plötzlich brummte unerwartet mein Handy:

Eine Nachricht von Maxim.

Fünfunddreißig

Splitternackt lief ich durch den Spa-Bereich des Vabali. An meinem Knöchel bimmelten zart die Glöckchen meiner Fußkettchen, um meinen Hals lag das Sklavinnen-Halsband. Diesmal sogar mit dem Ring der O. Stolz trug ich mich und meinen Schmuck zur Schau. Wardoran lag entzückt auf seiner Liege und schaute mir zu, während ich zu ihm hinüber schritt. Das Vabali war voller Menschen. Die Weihnachtszeit war ein durchaus beliebter Zeitpunkt, um sich zu verwöhnen. Körper und Geist entspannten und genossen. Ich legte mich neben meinen Herrn auf eine Liege und kuschelte mich mit einem großen Handtuch ein. Wardoran lächelte mich an, was mich dahinschmelzen ließ.

Seine Nachricht in der Nacht, in der ich heulend in meinem Bett lag, hatte mich schwach werden lassen. Dabei hatte er nicht einmal viel schreiben müssen. Es waren nur die Worte, dass ich ihm auch fehlte und er sich nach mir, meinem Körper, meiner Geilheit sehnte. Natürlich war das der entscheidende Punkt, an dem ich hätte stark bleiben sollen. Aber! Meine Sehnsucht nach ihm war größer. Seit Monaten waren wir nun wieder Herr und Sklavin.

Unsere Sessions waren seitdem heftiger, härter, geiler geworden. Wenn wir zusammen waren, schlug er mich mehr denn je. Regelmäßig war mein Hintern blau und meine Möse rot und wund. Meine Orgasmen waren unglaublich.

Das Einzige, das unberührt blieb, war Wardorans Herz. Seine Gefühle für mich waren anders beschaffen als meine. Tief im Innern wusste ich das und ignorierte es, bestmöglich. Er war und blieb die Liebenswürdigkeit in Person. So wie heute Abend.

Die Frau meines Herrn war über Weihnachten verreist. Das tat sie öfter. Wardoran hatte mich in diesen wunderschönen Spa eingeladen, am 2. Weihnachtstag. Wie romantisch – könnte man denken. Ich fühlte mich sehr geschmeichelt, obwohl ich wusste, Wardoran hatte einfach nur keine Lust, allein zu sein.

Wir lagen in warme Decken und Bademäntel gehüllt in der großen orientalisch eingerichteten Halle, in dessen Mitte sich ein in den Boden eingelassener Pool befand. Ich nahm all meinen Mut zusammen und fragte Wardoran aus. Nach seiner Kindheit, seinen Kindern, seinen Eltern. Ich wollte ihm nah sein. Nur Fragen nach seiner Frau ließ ich taktvoll aus. Ich wusste, dass sie trotz der Zustimmung zu dieser Spielbeziehung darunter litt, ihren Mann zu teilen. Gerade in so einem Moment, der nichts mit Sex zu tun hatte.

Mir wurde bei all seinen Ausführungen warm ums Herz, und ich fragte mich wiederholt, warum er so liebenswürdig zu mir sein und doch für mich nichts empfinden konnte, was die Bezeichnung Liebe trug.

»Komm, lass uns in die Dampfsauna gehen, meine liebe Sklavin«, sagt er und riss mich damit aus meiner Träumerei.

»Jawohl, mein Herr«, antwortete ich schmunzelnd. Seine Ausführungen waren so spannend gewesen, seinen Körper spüren zu dürfen, aber verführerischer. Im Dampfbad wären wir wieder Haut an Haut.

Tropf, tropf … Immer wieder fiel ein Wassertropfen auf meinen Kopf. Das ist ziemlich heiß, dachte ich. Mein Körper war vollkommen mit Schweiß bedeckt. Wardoran berührte immer wieder meinen Rücken und drückte mir seine Finger in den Rücken, meinen Po oder meinen Nacken. Um seine Geilheit zu verstecken, hat er ein Handtuch über seine Schenkel gelegt. Voller Sehnsucht hofften wir darauf, endlich allein im Dampfbad sein zu können.

Tropf, tropf … Unser Schweiß lief … Endlich verließ die letzte Person den Raum. Wardoran stellte sich vor mir auf, die Tür im Blick behaltend. Er steckte mir seinen Schwanz in den Mund.

»Schön saugen und lecken, meine geile Sklavin«, sagte er schmunzelnd.

Die Wärme, der Schweiß, die Angst, erwischt zu werden, machten es nicht leicht für mich, dem Wunsch meines Herrn genussvoll nachzukommen. Wardoran half nach. Er hielt meinen Hinterkopf fest, damit ich seinen Schwanz tiefer im Mund verschwinden lassen konnte. Mein Würgen quittierte er mit einer kurzen Pause, dann schob er seinen Schwanz wieder in meinen Mund.

»Danke, mein kleines Miststück. Das hast du gut gemacht«, sagte Wardoran lächelnd.

Ich holte tief Luft und sagte nur kurz und knapp: »Ich muss hier raus. Ich ersticke. Es ist zu warm.«

Puh, Ich ging zügig unter die Dusche und kühlte mich ab. Wardoran folgte mir. Er drehte den Warmwasserhahn auf und zog mich an sich. Wir küssten uns wild. Sein Schwanz wendete sich mir zu. Wir mussten lachen. Während er sich näher an mich presste, um seine Geilheit zu verbergen, sagte er lächelnd: »Lass uns etwas essen gehen.«

In unsere kuscheligen Bademäntel gehüllt saßen wir im Restaurant des Spas und genossen einen leckeren Salat mit Hähnchenfilet. Wardoran trank wie immer nur Wasser. Ich ließ mir eine Weißweinschorle schmecken. Meine Zeit der Alkohol-Abstinenz, die ich einige Jahre tapfer als Festung vor mir hergetragen hatte, war schon lange vorüber. Wein, Prosecco und Hugo waren zu verführerisch, um sich ihnen auf lange Sicht entziehen zu können. Sie machten dunkle Gedanken heller und Liebeskummer erträglicher. Meine sportlichen Leistungen, insbesondere das Laufen, litten darunter. Einige Kilos mehr auf meinem Körper und der wenige Schlaf sorgten nicht gerade für Bestzeiten. Egal. Prost!

Wir saßen im Restaurant, redeten, hielten Händchen. Der Typ konnte mir doch nicht erzählen, dass er nichts für mich empfand, dachte ich bei mir. Der Wein prickelte, und mein Bauch kribbelte. Ich flüsterte Wardoran zu, dass ich gern zu ihm mit nach Hause möchte, um noch

156

zu vögeln. Er gab mir freundlich lächelnd einen Korb. Fassungslos schaute ich ihn an. Damit hatte ich nicht gerechnet. Mit allem, aber nicht damit. Noch vollkommen durcheinander ging ich mit ihm in die Umkleidekabine und zum Ausgang.

Was war das heute für ihn? Quality Time ohne Sex? Ich kam zu keinem klaren Gedanken bei diesem Thema. Mein Herr fuhr mich mit dem Taxi nach Hause und verabschiedete mich mit warmen, innigen Küssen. Ich lief auf meine Haustür zu und drehte mich nicht mehr um. Fragezeichen über Fragezeichen blieben. Vor dem Jahreswechsel würden wir uns nicht mehr sehen. Wieder würde ich warten müssen.

Sechsunddreißig

Am Silvesterabend saß ich auf dem Boden im Flur meiner Wohnung. Nachdem ich nach Hause gekommen war, hatte ich mich kraftlos fallen lassen.

Mein Herz schmerzte. Der Pfannkuchen-Lauf auf dem Teufelsberg mit Lauffreunden, der Besuch der Kino-Lounge mit meiner Mutter, all das konnte nicht darüber hinweghelfen, dass ich jetzt hier saß und mich nach Maxim sehnte. In meinem Kopf hatte ich mir ausgemalt, er würde im Hausflur stehen und auf mich warten, wenn ich von meinem Kinobesuch nach Hause kam. Stattdessen saß ich hier im dunklen Flur, allein, und weinte. Um ehrlich zu sein, selbst verschuldet. Niemals hatte mir Maxim irgendetwas versprochen.

Ich sollte dem ganzen Elend ein Ende setzen, bevor das Jahr vorüber war und nächste Woche unser Date stattfand. Meine Finger glitten über das Display meines Smartphones.

Sollte ich ihm schreiben?

Oder doch nicht?

Hatte ich lieber den Spatz in der Hand oder die Taube auf dem Dach? Konnte ich auch mal ganz alleine sein? Draußen wurden die Knaller-Raketen heftiger, lauter. Das Jahr ging seinem Ende zu. Ich schaute auf die Uhr meines Smartphones. Noch eine Stunde bis Mitternacht. Mir liefen die Tränen über das Gesicht.

Mein Blick fiel auf meine Kopfhörer. Wie immer hingen sie an einem Haken, neben der Eingangstür, stets bereit, mich bei meinen Läufen musikalisch zu begleiten.

Schwerfällig zog ich mich am Flurschrank hoch und griff ich nach ihnen, setzte sie auf und startete meine Playlist.

Ach du Scheiße, dachte ich, als die Musik zu spielen begann. Vom letzten verträumten Lauf war Yiruma angewählt. Die ersten Takte von »River Flows in You« ertönen.

Mein Weinen ging in heftiges Schluchzen über. Mein Herz verkrampfte sich so, dass ich das Gefühl hatte, es würde aufhören zu schlagen.

Plötzlich musste ich schreien. Laut, lauter, bis mir die Luft ausging. Aller Schmerz musste hinaus, in diese Silvesternacht.

Japsend holte ich Luft. In den Moment, wusste ich, was ich tun musste.

Ich ließ meine Playlist geöffnet, die Musik spielte weiter und ich suchte meinen Chat mit Wardoran heraus.

Mein Herz schlug schneller, während ich begann, eine Nachricht an zu tippen. Meine Hände zitterten. Die Buchstaben verschwammen. Dennoch schrieb ich weiter, der Trotz hatte mich erfasst. Jetzt wollte ich es ganz und gar beenden. Das nächste Jahr sollte besser, sollte mein Jahr werden! Dann war ich eben allein, von mir aus! Ich würde es überleben.

Tipp, tipp, tipp …

Fertig! Ich las mir den Text noch einmal laut vor, um die Worte auf mich wirken zu lassen.

Mein, über alles geliebter Herr Wardoran!

Bei unserem letzten Gespräch, als es um uns und die Weiterführung unserer Beziehung ging, hattet Ihr gesagt, Ihr würdet einiges dafür tun, damit ich mich wohlfühle. Das habt Ihr auch getan, tatsächlich. Dafür danke ich Euch von ganzem Herzen. Ich liebe Euch so sehr, mein Herr! Meine Gedanken sind sooft bei Euch. Ich liebe es, Euch zu gehören, Eure Hände anzusehen, Euch zu berühren. Ich liebe Euer Lächeln, ich liebe es, wenn Ihr euch die Hände vor Freude reibt, oder

‚so, so‘ sagt. Von ganzem Herzen wäre ich gern mehr als einfach nur Euer Leckerbissen. Allerdings weiß ich, dass dies nicht möglich sein wird ... und selbst wenn ... Ihr habt so wenig Zeit ... Ich fühle mich oft allein, obwohl ich angeblich Euer Besitz und Eigentum bin. Ich brauche mehr, um nicht vor Liebeskummer zugrunde zu gehen. Ihr brecht mir regelmäßig das Herz. Ich freue mich so sehr auf den kommenden Montag. Was wird Montag sein? Werdet Ihr mich wieder anschließend ‚nicht mit dem Hintern ansehen‘, um irgendwann auf meine Nachfrage zu reagieren, wann und wo wir uns sehen? So wie es in den letzten Wochen und die Monate davor war? Es ist wirklich schön und geil mit Euch, aber ich möchte mehr ... wahrscheinlich zu viel für Euch. Wir sind zu unterschiedlich in unseren Wünschen, Bedürfnissen und Sehnsüchten. Ihr seid glücklich mit einer Frau zusammen. Ich bin allein. Das ist ein Ungleichgewicht, das mir nicht guttut. Ich kann nur Dinge ganz und gar oder gar nicht. Diesmal werde ich Euch nicht fragen, ob Ihr mich freigebt. Ich werde mein Halsband eigenhändig ablegen. Ich entbinde Euch Eurer Verantwortung für mich. Wenn Ihr mich besitzen wollt, wenn ich ein Teil Eures Lebens werden soll, wisst Ihr, wo Ihr mich findet. Meine Gefühle für Euch sind ja nicht von heute auf morgen verschwunden. Gern gebe ich Euch nicht auf. Es zerreißt mir das Herz, dies hier zu schreiben ... aber es ist besser so ... Ich möchte mein Herz an einen Mann verschenken, der es wirklich haben möchte und mir seines dafür gibt ... damit wir beide zusammen ... egal was, zusammen veranstalten können ... Es gehören immer zwei Herzen zusammen, nicht nur eines allein ... Ich gebe die Hoffnung nicht auf ... jemanden zu finden ... der es haben möchte ...

Dann switchte ich in den Du-Modus und schrieb zum ersten Mal seit Monaten wieder den tatsächlichen Namen meines Herrn und den meinigen.

Wir sehen uns am Montag im Büro, Maxim. Ich hoffe, es gelingt uns, Freunde und gute Kollegen zu bleiben. Um ehrlich zu sein, glaube ich in der Tat, dass es uns gelingen wird. Eine Bitte habe ich an dich: Küsse mich niemals mehr!

Valentina

Dann drückte ich auf Senden.

Epilog

Liebe Valentina,

es ist sehr schade, dass es ist, wie es ist. Aber mehr als mein unglaublich leckerer Leckerbissen, den ich sehr begehre und der mir lieb und teuer ist, wirst du nicht sein können. Ich habe immer gehofft, dass du dich nicht verliebst, dass du alles als unverbindliches Spiel empfinden kannst, aber das ist bei der Intensität unseres Spiels und aufgrund deiner persönlichen Situation fast unmöglich. Was wäre Montag gewesen? Meine Aufmerksamkeit Dir gegenüber im Dienst wäre sicherlich gering gewesen, weil ich nach einer Woche Abwesenheit immer von allen belagert werde. Der gemeinsame Abend war gesetzt, ja. Natürlich wäre es ‚wieder Mal' wilder SM-Sex geworden, das ist es, womit meine Sklavin mir immer unglaubliches Vergnügen bereitet hat, was also letztlich ihrer Aufgabe entspricht. Geplant hatte ich das Ganze heute allerdings in der BDSM-Lounge. Aber dazu wird es nun leider nicht kommen. Ich kann sehr gut verstehen, dass es für dich so nicht geht, wie es jetzt ist, und dass unter den gegebenen Umständen der Abbruch die einzige Möglichkeit ist. Trotzdem wünschte ich, wir wären tatsächlich auf Gor — dann hättest du diese Wahl nicht und müsstest dich mit deiner Position als Eigentum abfinden, auch wenn du gerne mehr wärst. Aber wir sind nun mal auf der Erde. Also hat alles weitere Philosophieren keinen Sinn. Ich kann dir die Bücher trotzdem weiter ans Herz legen. Als Freund bleibe ich dir natürlich erhalten, denn du bist mir auch als Mensch sehr wichtig. Allerdings wird es, glaube ich, extrem schwierig, wenn wir zusammen irgendetwas miteinander unternehmen, nicht übereinander herzufallen. Du weißt, wie sehr ich dich begehre und wie ich, auch körperlich, auf dich reagiere, und ich weiß es umgekehrt von dir. Wir werden sehen …

Meine liebe Sklavin Lipuria, auch bekannt als ‚mein Leckerbissen, ich schreibe nun doch noch einmal dir und nicht Valentina, weil du dir gewünscht hast zu erfahren, was du für mich bist, beziehungsweise warst. Valentina ist eine Arbeitskollegin und vor allem eine gute Freundin, die ich sehr gerne mag. Den einen Teil kennst du: Ich bin total verrückt nach dir, und du machst mich sehr geil. Sobald ich in deine Nähe komme, möchte ich dich in den Arm nehmen, dich fest anpacken, dich küssen, dir die Kleider vom Leib reißen und dich ficken. Und ich gebe zu, dass ich, wenn du nicht da bist, viel an dich denke, an deinen geilen Körper, an deine unglaublich leckeren Küsse. Aber natürlich ist da mehr, ich möchte, dass es dir gut geht, dass du Vergnügen hast, dass du dich fallen lassen kannst und genießt. Du bist mir als Mensch mindestens genauso wichtig wie Valentina. Aber lieben in dem Sinne, dass es einem das Herz verbrennt, das man nichts anderes möchte als diese Person ... tu ich dich nicht. Es ist keine sengende Liebe, sondern eine warme, fürsorgliche Liebe. Ich weiß nicht, ob dir bewusst ist, wie real ich das mit der Herr-Sklavin-Beziehung empfinde. Du bist, warst, meine Sklavin, und ich liebe dich wie und als meine Sklavin. Natürlich bist du ein wertvoller Mensch, aber du bist eben auch Eigentum. Um es mal ganz drastisch zu formulieren: Die Liebe zu meiner Sklavin Lipuria ist mehr der zu einem Haustier vergleichbar und du weißt, wie intensiv diese sein kann. Lipuria ist für mich keine gleichberechtigte Frau, also kann ich sie nicht als solche lieben. Insofern ist gerade deswegen eine gleichberechtigte Beziehung zu dir, neben meiner Frau - ganz abgesehen von der Zeit - auch emotional nicht möglich. Du als meine Sklavin Lipuria bist Besitz. Wertvoller, kostbarer, geliebter Besitz, aber nicht meine Partnerin. Wenn ich dich damit jetzt schockiert habe, ist es vielleicht umso besser. Aber das macht für mich das Wesen einer D/S-Beziehung aus ... und es ändert nichts an meiner Freundschaft zu Valentina, die kein Eigentum ist.

Dein ehemaliger Herr Wardoran

Lieber Maxim!

Ich habe jetzt etwas Zeit und möchte noch einmal kurz etwas zu deinen Ausführungen von gestern schreiben. Auf jeden Fall war das überfällig, weil ich nun endlich weiß, wo ich stehe, und zwar an der falschen Stelle. Ich bin und ich möchte mehr. Ich muss mich jetzt sortieren und orientieren. Unsere

Freundschaft, Maxim, ist mir sehr, sehr wichtig. Und noch etwas: Ich werde immer an unsere Beziehung denken. Es war unglaublich! Mehr kann ich nicht sagen, weil es mit Worten nicht zu beschreiben ist. Vielen Dank für alles, mein ehemaliger Herr, Maxim!

P.S.: Ich bin betrunken. Du fehlst mir, aber ich komme von dir los! Das ist ein Versprechen!

Über die Autorin

Lipuria wurde Anfang der siebziger Jahre in Leipzig geboren. Heute lebt sie in Berlin, wo sie sich seit über 10 Jahren in der BDSM-Szene zuhause fühlt. Dort ist Sie als Femdom bekannt, doch in ihr schlummerte auch ein anderes, bisher unbekanntes Bedürfnis – der Wunsch nach Unterwerfung. Inzwischen hat sie eine erfüllte Beziehung und lebt ihre Leidenschaft als Sklavin mit Ihrem Mann aus.

Lipuria ist unter ihrem bürgerlichen Namen seit einigen Jahren als Autorin tätig. »Ich war seine Sklavin« ist ihr erster autobiografischer Roman, in dem sie sich dem Thema BDSM widmet. Sie möchte mit diesem Buch um Verständnis für sadomasochistische Lebensweisen werben.

Weitere autobiografische Romane

Siri S - gelebte Unterwerfung

Ein autobiografischer BDSM-Roman

Siri S lebt BDSM. Sie engagierte sich lange und intensiv in der Berliner Szene, leitete das weit über die Hauptstadt hinaus bekannte »Subbiekränzchen« und die Bondage-Gruppe »Miss Rope«. In diesem Roman, der auf wahren Erlebnissen basiert, beschreibt sie, wie sie BDSM für sich entdeckt. Aus ihren Tagebuchaufzeichnungen ließ die Autorin einen Roman entstehen, der in ihrer ganz eigenen Sprache erzählt, wie sie ihre ersten Erfahrungen empfunden hat und schließlich BDSM als Teil ihrer selbst akzeptiert.

Dieser autobiografische Roman räumt mit allen Klischees über BDSM auf. Schonungslos und ehrlich erzählt Siri S und lässt die Leser daran teilhaben, wie sie ihre Neigungen entdeckt, wie sie zweifelt und schließlich zu sich selber findet. Sie schreibt von den Schwierigkeiten, den geeigneten Partner zu finden und von dem Glück, wenn man ihn gefunden hat. Sie räumt mit gängigen Klischees über BDSMler auf und am Ende werden sie feststellen, BDSMler sind auch nur ganz normale Menschen.

Siri S. – Ungelebte Unterwerfung

Ein weiterer autobiografischer Roman

Die Autorin engagierte sich lange Zeit in der Berliner BDSM-Szene. Unter anderem leitete sie das weit über Berlin hinaus bekannte »Subbiekränzchen« und die Bondage-Gruppe »Miss Rope«. In ihrem ersten autobiografischen Roman beschrieb sie, wie sie BDSM für sich entdeckte und die ersten Schritte tat.

Auch dieser zweite autobiografische Roman entstand aus den Tagebuchaufzeichnungen der Autorin. Mit ihrem unverwechselbaren Sprachstil können Leser und Leserinnen an ihrer Entwicklung und ihren Erlebnissen, die sie authentisch schildert, teilhaben. Das Buch ermöglicht auch für Nicht-BDSMler tiefe Einblicke in eine andere Welt. Für BDSMler ist es interessant zu lesen, wie sie ihre Neigungen tagtäglich auslebt. Authentisch schildert sie ihre eigenen Zweifel, die Probleme in Beziehungen und auch die Konflikte in Gruppen. Der Roman setzt an, als sie bereits tief in der Berliner Szene verwurzelt ist und dadurch ist er wesentlich expliziter als ihr erstes Buch. So lässt sie diesmal den Leser und die Leserin auch an ihren Fantasien teilhaben. Kurzzeitig versucht sie sich auch auf der anderen Seite der Macht und muss feststellen, dass ihr die dominant-sadistische Rolle ebenfalls zusagt.

Wenn im ersten Roman am Ende die Erkenntnis stand, dass BDSMler auch nur ganz normale Menschen sind, so muss das diesmal korrigiert werden. Wenn Sie das Buch gelesen haben werden Sie feststellen: BDSMler sind auch nur ganz normale Menschen – aber anders.

BDSM-Romance

Tanja Russ – Brombeerfesseln

Ein BDSM-Liebesroman

Lea ist 29, Fotografin und überzeugte Singlefrau. Sie steht mit beiden Beinen fest im Leben und nimmt die Männer, wie sie kommen. Doch immer fehlt ihr dabei etwas. Bis sie Lukas begegnet. Streng, dominant, leidenschaftlich, bietet er alles, was Lea sich von einem Mann wünscht. Er macht ihr das verführerische Angebot, seine Sklavin auf Zeit zu werden. Lea lässt sich darauf ein und Lukas entführt sie in die dunkle Welt des BDSM. Eine Welt voller Dominanz und Unterwerfung, Schmerz und Lust, doch auch voller fürsorglicher Liebe und gegenseitigem Respekt. Aber Ihre besondere Beziehung hat ein Verfalldatum, die Vereinbarung lautet, 6 Monate bleiben sie zusammen ...

Tanja Russ – Fesselnde Sehnsucht
Ein Highland BDSM-Liebesroman

Rebecka und Alec kennen sich schon eine ganze Weile und zwischen den beiden knistert es gewaltig. Doch Rebecka weiß, dass Alec auf BDSM steht und das schreckt sie ab. Alec hingegen spürt, dass tief in Rebecka die dunklen Sehnsüchte von Unterwerfung und Hingabe schlummern - aber er weiß nicht, wie er ihr so nahe kommen kann, dass er ihr behutsam den Weg zur Erfüllung ihrer geheimen Fantasien zeigen kann. Schließlich versucht er es mit der Hilfe von Rebeckas bester Freundin Lea, die Sie bereits aus dem Roman „Brombeerfesseln" kennen ...

Über die Autorin:

Zwischen Kohle und Stahl erblickte Tanja Russ im Ruhrgebiet das Licht der Welt, wo sie auch heute noch, gemeinsam mit ihrem Mann lebt.

Schon in der Schule liebte sie es, Aufsätze zu schreiben und schrieb bereits mit nur 14 Jahren ihren ersten Roman. Handschriftlich fasste sie ihn und schrieb alles in ein Schulheft. Es folgten Kurzgeschichten, hin und wieder auch Gedichte. Im Schwarze-Zeilen Verlag sind bisher zwei Romane und ein Band mit erotischen BDSM-Kurzgeschichten erschienen.

Die hier vorgestellten Titel sind alle als Bücher und als E-Books (im universellen Epub-Format sowie für den Amazon Kindle) lieferbar.

Um mehr über weitere Titel zu erfahren, besuchen Sie auch die Webseiten des Verlags:

www.schwarze-zeilen.de

www.bdsm-buch.de

Der Verlag ist auch auf Twitter, Facebook und Instagram zu finden:

twitter.com/SchwarzeZeilen

www.facebook.com/schwarzezeilen/

www.instagram.com/schwarzezeilen1234/

Wenn Sie dort aktiv sind, lohnt es sich uns zu folgen, so erfahren Sie regelmäßig von Neuerscheinungen und von unseren exklusiven Gewinnspielen.

Impressum

ISBN 978-3-94596-767-6

Unsere Web-Adresse: www.schwarze-zeilen.de

© 2018 Schwarze-Zeilen Verlag

Ein Imprint des Footstep Verlag,

Reichenaustr. 81c, 78467 Konstanz

info@schwarze-zeilen.de

Cover: Satz & Bild

Coverfoto: © Igor Igorevich – stock.adobe.com

Hintergrund: Photo by Dolo Iglesias on Unsplash